集中外名家经典科普作品
全力打造科普分级阅读图书

XISHUAI DE CHANGGE YU JIAOWEI

蟋蟀的唱歌与交尾

陈龙银 薛贤荣 薛艳 主编
刘先平 等编著

少儿科普精品分级阅读
（12~15岁）

北京师范大学出版集团
安徽大学出版社

图书在版编目(CIP)数据

蟋蟀的唱歌与交尾/陈龙银,薛贤荣,薛艳主编;刘先平等编著. —合肥:安徽大学出版社,2015.9
(少儿科普精品分级阅读. 12~15岁)
ISBN 978-7-5664-0997-3

Ⅰ. ①蟋… Ⅱ. ①陈… ②薛… ③薛… ④刘… Ⅲ. ①阅读课-初中-课外读物 Ⅳ. ①G634.333

中国版本图书馆 CIP 数据核字(2015)第 183742 号

出版发行：北京师范大学出版集团
　　　　　安　徽　大　学　出　版　社
　　　　　(安徽省合肥市肥西路 3 号 邮编 230039)
　　　　　www.bnupg.com.cn
　　　　　www.ahupress.com.cn
印　　刷：安徽省人民印刷有限公司
经　　销：全国新华书店
开　　本：170mm×240mm
印　　张：7.5
字　　数：104 千字
版　　次：2015 年 9 月第 1 版
印　　次：2015 年 9 月第 1 次印刷
定　　价：15.80 元
ISBN 978-7-5664-0997-3

策划编辑：钟　蕾　　　　　　　装帧设计：徐　芳　李　军
责任编辑：刘金凤　　　　　　　美术编辑：李　军
责任校对：程中业　　　　　　　责任印制：赵明炎

版权所有　侵权必究

反盗版、侵权举报电话：0551—65106311
外埠邮购电话：0551—65107716
本书如有印装质量问题，请与印制管理部联系调换。
印制管理部电话：0551—65106311

顺应时代需求，荟萃科普精品

陈龙银　薛贤荣

　　在多地为青少年举办的"好书推荐"与"最受欢迎的图书评比"活动中，科普作品都占有相当大的比重。不但家长和老师希望孩子们多读科普作品，以汲取知识、启迪智慧，而且孩子们自己也非常愿意阅读此类作品，他们觉得对自己的成长有所裨益。

　　科普作品（包括科幻作品）是科学与文学相结合的产物，此类书在中国的萌芽最早可以追溯到20世纪初叶。

　　晚清时，中国的知识分子就开始思考用含有科学知识的文学作品启迪民智、更新文化。梁启超于1902年发表的《论小说与群治之关系》一文，强调了包括"哲理科学小说"在内的新小说对文化改良的巨大作用，并翻译了《世界末日记》《十五小豪杰》等西方科幻小说。鲁迅则认为"导中国人群以进行，必自科学小说始"，他翻译了凡尔纳的《月界旅行》《地底旅行》等科幻小说。《新中国未来记》《新石头记》《新纪元》《新中国》等早期科幻文学的一个个"新"，表达了中国人对工业化基础上民族复兴的渴望，所有主题都绕不开现代性的追求。

　　新中国成立后，特别是改革开放以后，科普作品出现了创作、出版与阅读的高潮。近年来，科普作品进一步与民族复兴的中国梦联系起来。在审美功能不被削弱的前提下，科普作品不仅被赋予了教育价值，还肩负起构筑民族国家精神、引导民族国家复兴的政治理想。人们对其价值与作用的认识达到了前所未有的高度。

本丛书就是在此大背景下问世的。

科普作品的作者一般由两类人构成：一是文学工作者，他们在文学作品中加入科学知识并期盼这些知识能得到普及；二是科学工作者，他们用文学的手法向读者介绍科学知识。具有科学知识的文学工作者与具有文学素养的科学工作者并不是很多，因而，就具体科普作品来说，要想克服忽略生动与感染力的通病，达到科学与文学水乳交融的境界，绝非易事。因此，优秀科普作品的总量不多。

打破地域、时间和作者身份的限制，广泛搜集科普精品，再将内容与读者年龄段精心匹配，使之成为一套科普阅读的精品书，这就是本丛书的编选方针。对于当前的普遍关注而又存在认识误区的话题，如食品安全、环保、转基因利弊等，丛书在选文时予以重点倾斜；对于事实上不正确而大多数人却认为正确的所谓"通说"，丛书则精心选用科普经典作品予以纠正。

本丛书的特点还体现在以下几个方面：

其一是分级，从小学到初中共分为九本，每年级一本。从选文到编排，都充分考虑到各年龄段读者的不同特点。如考虑到一、二年级段的小学生识字不多、注意力难持久集中、理性精神尚未觉醒等特点，在选文时多选短文，多选充满童心童趣的童话、故事，尽量避免出现难以理解的专业术语，并加注拼音。初中阶段读者的理解力已经很强了，故而选文篇幅加长，专业术语出现的频率也相对增多。总之，丛书的选编坚持"什么年级读什么书""循序渐进"和"难易适中"的原则，以免出现阅读障碍。

二是保护、激活读者求知与想象的天性。求知和想象本来是孩子的天性。但现在的教育不但忽视了对于孩子想象力的保护和培养，而且在一定程度上抑制了孩子的天性。本丛书力求让读者能轻松阅读、快乐阅读，力求所选作品能够保护孩子的想象力，开发孩子的创造力，让他们得以充分发展。

三是让读者在获得科学知识的同时培养其科学献身精神。科普作品是立足现实、面对未来的，了解知识固然重要，但对于正在成长的少年儿童来说，引导他们关注未来，激发他们去探索科学的真谛，为科学献身，则更加重要。这套书对培养他们的科学献身精神有着不可低估的作用。

 目录

**第一辑
动植物探秘**

蟋蟀的唱歌与交尾	2
萤火虫的"灯"	8
老橡树上的争论	12
作祸花和老实花	15
大象的鼻子为什么那么长	18
电鱼发电	21
喜马拉雅雄麝的绝技	24
神奇的生物圈	29
最忠贞的爱情鸟	34

第二辑 环保在身边

西藏有惊人美丽的森林 … 38
小土粒遇险记 … 41
烟囱剪辫子 … 45
环保的发电方式 … 52
屋顶绿化亟待推广 … 54
土丘中的"巨"物 … 57
神奇的建筑：建在大海上的房屋 … 61

第三辑 人与自然的奥秘

人类保护协会 … 66
风暴四弟兄 … 71
长江源：一年365天中竟有350天的风雪 … 76
阿拉伯世界的独特风情 … 78
男性确实比女性聪明吗 … 82
通过训练可以增强记忆力 … 85
身高的烦恼 … 88

第四辑
科学家的故事

郦道元：写《水经注》的著名地理学家　　92

喻皓：建造斜塔的建筑学家　　94

冯如：中国第一个飞行家　　96

竺可桢：中国气象事业的开拓者　　99

钱学森：中国"航天之父"　　101

爱因斯坦：现代物理学的开创者和奠基人　　104

达尔文：进化论的奠基人　　106

第一辑
动植物探秘

动物是我们的朋友，但我们对动物朋友的了解远远不够。植物是地球生命的主要形态之一，但我们对植物的了解同样远远不够。

那么动植物会和我们人类一样，有喜怒哀乐和社会行为吗？

在漫长的岁月里，人类经过不懈探索，揭示了其中的一些秘密，但更多的秘密仍然有待于我们去揭示。现在，就让我们用科学的眼光去审视这一切吧！

蟋蟀的唱歌与交尾

[法]法布尔

解剖学家对蟋蟀粗暴地说:"把你唱歌的玩意儿给我们看看。"这乐器很简单,和螽斯的乐器基于同样的原理:有齿条的琴弓和振动膜。

与螽斯、距螽相反,蟋蟀的右翼鞘几乎把左翼鞘全部遮住。蚱蜢则是左边的盖着右边的。

两个翼鞘的结构完全相同,知道了一个就可以知道另一个。现在我们来认识一下右翼鞘。它几乎平铺在背上,到了侧面突然折成直角,以翼端紧裹着身体,翼上有一些斜的平行细脉。背上有粗壮的深黑色翅脉,整个构成一幅奇怪而复杂的图画,有点儿像天书般的阿拉伯文字。

除了两个相接的地方外,翼鞘呈非常淡的棕红色:一块大些,三角形,在前面;一块小些,椭圆形,在后面。这两处都由一条粗翅脉镶着,并有细微的皱纹。前一块还有四五条用了加固的人字形条纹;后一块则只有一条弯成弓形的曲线。这两处就是蟋蟀的发声部,此处的皮膜是透明的,比其他地方细薄些,不过有点儿黑。前头小部分光滑,有一抹橙红色。两条弯曲而平行的翅脉把这部分与后面的隔开,这两条翅脉间有凹陷,在这凹下的空隙中有五六条黑色皱纹,像小梯子的梯级。左翼鞘跟右翼鞘一模一样,这些皱纹沟构成摩擦翅脉,它们增加了与琴弓的接触点,从而增强了振动。

在构成凹陷梯级的两条翅脉中,有一条成锯齿状,这就是琴弓,约有150个锯齿,呈三棱柱状,非常符合几何学原理。

这的确是比螽斯的琴弓更精致的乐器，弓上的约150个三棱柱齿与左翼鞘梯级相啮合，使四个扬琴同时振动。下面的两个靠直接摩擦发音，上面的两个由摩擦工具的振动发音。螽斯只有一个无足轻重的镜膜，发出的声音只能在几步远的地方听到；蟋蟀拥有四个振动器，把它的歌声能传到几百米远的地方，这声音多么洪亮啊！

蟋蟀响亮的歌声可以与蝉媲美，却不像蝉的声音那么嘶哑。更妙的是，它知道抑扬顿挫。它的翼鞘从侧面伸出，形成一个宽边，这便是制振器。宽边放低，便改变了声音的强度。根据腹部柔软部分接触的面积，蟋蟀时而柔声轻吟，时而放声高唱。

两个翼鞘完全相同，这现象值得注意。我清楚地看到了上面的琴弓和琴弓所振动的四个发声器的作用，但是下面的琴弓是用来做什么呢？因为它不在任何东西上面，它的齿条没有接触点来敲打发音，所以是完全没有用处的，除非发音器官的这两个部件上下颠倒过来。

即使把这两个部件颠倒过来，也会由于乐器是完全对称的，唱的曲子也是一样的。

那么蟋蟀能不能轮流使用这两把琴弓，让其中一把休息呢？或者有没有靠左翼的琴弓来唱歌的蟋蟀呢？

既然翼鞘完全对称，我料想是会有这种情况。观察的结果证明是相反的。我观察了许多蟋蟀，没有见过一只蟋蟀违背普遍的规则，全都是右翼鞘盖在左翼鞘上面，无一例外。

我尝试用人为的办法来实现自然条件下做不到的事。我用镊子巧妙地把蟋蟀的左翼鞘放在右翼鞘上面。当然没有用大力气，没有把它们扭伤。在正常情况下翅膀也不会摆得比这更好了。

在乐器上下颠倒的情况下，蟋蟀也会唱歌吗？我很希望如此，因为从现象看是会这样的。但很快我就发现自己错了。开始有一会儿它是平

蟋蟀的唱歌与交尾

静的,但不久就感到不舒服,便使劲地把乐器扳回原来的位置。我又试验了几回,依然是白费工夫。它顽强地把翼鞘恢复到正常状态。这条路是行不通了。

如果我在翼鞘刚长出来时就进行实验,会不会好一些呢?如果一长出来就颠倒过来,结果会是怎样的呢?这值得做一番实验。

为此我去找幼虫,留意它蜕皮变形的时刻。蜕皮就像它的再生。如果我不想失去良机,那么就要加倍留心观察。终于看到蜕皮了。五月初的一天上午,十一点左右,我看见一只幼虫把它破旧的粗衣服脱掉了。这时,蜕变的蟋蟀是栗红色的,翼鞘和翼是纯白色的。

刚刚从外套里出来的翼鞘是又小又皱的。然后,翼鞘一点点儿胀大、张开、伸出。左右翼鞘的内边在同一平面、同一水平上往前长,慢得几乎看不出来,这时丝毫看不出哪个翼鞘要盖在哪一个上。后来两个翼鞘的边沿碰到一起,过一会儿右边的就要盖在左边上了。这时该进行干预了。

我用一根草轻轻地改变重叠的次序,把左翼鞘搁到右翼鞘上。蟋蟀挣扎了下,搞乱了我的安排,我又小心地把它扳回去,因为那些娇嫩器官就像是从又薄又湿的纸上裁下来似的。终于,左翼鞘完全盖在了右翼鞘上面,不过只盖了那么一点点儿,几乎不到一毫米。随它去好了,事情会自动进行的。

翼鞘的确按我所希望的那样发育着,左翼鞘一直往前长,终于把右翼鞘盖了起来。到了下午三点左右,蟋蟀从淡红色变成了黑色,不过翼鞘一直是白的。又过了两个小时,这两个翼鞘就呈现出正常的颜色了。

终于翼鞘在强扭的状态下发育成熟了,它们按照我的意图撑开、成形、长大、硬实起来,可以说,它们是按照颠倒的次序生长的。在这种情况下,蟋蟀是"左撇子",它会不会永远是"左撇子"呢?看来是这样子的,而到了第二天、第三天,我就更加期待了。因为翼鞘依然是原先的样子，没有丝毫变化。我预料不久就会看到这个艺术家用它们家族成员从来没有使用过的这把琴弓来演奏了。

第三天，新歌手初次登台。我听到几声短促的"咯吱"声，像是机器的齿轮没合好的响声。它正在调节它的齿轮呢，调节好后，歌唱开始了，它还是拉它的右琴弓，始终拉右琴弓。它付出了痛苦的代价，那颠倒长得硬实的翼鞘，尽管已经固定成形，但是它硬是要把它们恢复原位，最终，它把该在上面的放到上面，该在下面的放到下面了。

乐器已经讲得够多了，现在听听它的音乐吧！在暖洋洋的阳光下，蟋蟀总是在家门口唱歌，而从不在屋里唱歌，翼鞘发出"喔喔"的柔和的颤声，圆浑、响亮，富有节奏感，而且无休止地继续下去。整个春天的闲暇时光，它就这样自得其乐地歌唱着。这隐士是为自己歌唱：它的生活充满着乐趣，它赞扬照射在它身上的阳光，赞扬供它食物的青草和给它遮风避雨的住所。

这位独居者也为女邻居们歌唱。说真的，蟋蟀的婚礼确是奇怪的场面。可是在这儿，想寻找机会是徒劳的。因为蟋蟀胆子非常小，必须等待机会。我会不会等到呢？

雌蟋蟀与雄蟋蟀不住在一起，且都极其喜欢待在自己家里。谁会移驾到对方家里去呢？求爱者会去找被爱者吗？如果在交尾时，在相隔遥远的住所之间，声音是唯一的向导，那么不出声的女方就必须去找发出声响的男方。我设想雄蟋蟀会有办法走到不出声的雌蟋蟀那儿去。

双方什么时候，又是怎样会面的呢？原来，在天开始黑，别人看不见的时候，双方在女方家门口那个铺着沙的空旷地上会面。

这样大约二十步距离的夜间旅行，对于雄蟋蟀来说，这是个艰难的行程。它平常足不出户，不熟悉地形学，长途跋涉后，它怎么能找到自己的住所呢？再返回它的家大概是不可能的。我担心它会到处游荡，无

蟋蟀的唱歌与交尾

家可归。它没有时间也没有勇气再挖一个新的洞穴来保护自己，它会悲惨地死去，成为夜间四处巡查的蟾蜍的美食。但是这一切它全然不当一回事儿，它要完成作为雄蟋蟀的义务。

于是，我在同一个网罩里放了好几对蟋蟀，并放了些草和莴苣叶。一般来说，我的"囚犯"用不着为自己挖住所。时间在漫长的等待中过去了。蟋蟀在网罩里溜来溜去，并不去考虑建造固定居所的问题。

只要没有爆发交尾期本能的争斗，这一方净土就会充满着和平的气氛。可是求偶者之间经常发生激烈的争吵，但并不激烈。两个情敌彼此对立着，头上都戴着能够经受夹钳的头盔。它们咬着对方的头顶，扭在一起。战斗结束后，两位斗士站立起来。战败者溜之大吉；胜利者唱起一首豪气冲天的歌曲来羞辱对方，然后降低声调，又围着女方歌唱。

它搔首弄姿，装腔作势，用手指一钩，把一根触须拉到大颚下，卷曲起来，用唾液涂上美容剂。它那长着尖钩、镶着红带的长长的后脚急不可耐地跺着。它的翼鞘虽然在迅速地颤抖，但发不出声来，或者只是发出一阵杂乱无章的摩擦声。

但是这种爱情的表白不起作用。雌蟋蟀跑开了，它一面躲在草丛中，一面窥视着求婚者。

歌声终于又响了起来。雌蟋蟀被如此的激情打动了，从隐藏的地方出来了。雄蟋蟀迎上去，猛地掉过头来，转身趴在地上，朝后倒退着爬行，企图钻到雌蟋蟀的身下去。终于成功了，交配完成了。一个精子托，一个还不到大头针的针头那么大的细粒悬挂在老地方，来年草地上便会有它们的后代了。

随之而来的是产卵。这一对蟋蟀住在一起了，过着经常吵架的生活。男方被打得残废。要不是关在网罩里，男方就要逃走了。

最后，雄蟋蟀剩下的只是断肢残腿。蚱蜢和蟋蟀，古老世界的这些残存代表告诉我们，在它们的世界里，雄性是次要的，它们必须在短短的时间里消失掉，以便把空的位子让给真正的生殖者、真正的劳动者——女性。

知识链接

蟋蟀，昆虫纲，直翅目，蟋蟀科，属于无脊椎动物，亦称"促织""蛐蛐儿""趋织"等。触角较体躯为长。雌性的产卵管裸出。雄性善鸣、好斗。年生一代。蟋蟀是一种古老的昆虫，至少已有1.4亿年的历史，常是古代和现代玩斗的对象。

萤火虫的"灯"

[法] 法布尔

如果萤火虫只会用接吻般的轻扭来麻醉猎物,而没有别的才能,那么普通的老百姓就不会知道它了。它在身上点起一盏明亮的"灯",这才是它成名的缘由。

雌萤的发光器长在腹部的最后三节,其中前两节的发光器呈宽带状,几乎把拱形的腹部全部遮住。第三节的发光部分小得多,只有两个像新月状的小点儿,亮光从背部透出来。雌萤从孵化时起,尾部便会发光。发育成熟的雌萤会有两条光带。这是因为未来的母亲为了庆祝婚礼,所以用最绚丽的装束来打扮自己。由于雌萤没有翅膀,不能飞翔,因而它一直保持幼虫的形态,且一直点着"灯"。

雄萤则充分发育,长出了翅膀。它像雌萤一样,从孵化时起,尾部便会发光。无论雌雄,也无论在发育的什么阶段,尾部都能发光,这是整个萤火虫家族的特点。这个发光点不管是从背部还是从腹部都能看得见,而雌萤才有的那两条光带,是在腹部下面发光的。

我在显微镜下面观察过这两条光带,皮上有一种由十分细腻的黏性物质构成的白色涂料,这无疑便是发光的物质。紧靠着这涂料,有一根气管,主干短而粗,上面长了许多细枝。发光是氧化的结果。白色涂料提供可氧化的物质,而长着许多细枝的气管则把空气分布到这物质上。现在需要弄清发光物质是什么了。

研究者们最初想到的是磷。他们把萤火虫焚烧了,然后化验其元素。

据我所知，这种实验没有得出令人满意的结果。看来磷并不是萤火虫发光的原因，尽管人们有时把磷光称为"荧光"。

当遍布发光层的光管增加空气流量时，光度就增强；萤火虫想减少空气流量时，光就变弱。总之，这个机理就像一盏油灯，它的亮度是由空气到达灯芯的程度来调节的。

同时，某种情绪会引起气管的运作而发光。这里要区别光带和尾灯这两种情况。尾灯会因某种不安情绪而完全或者几乎完全熄灭。我在夜间捉萤火虫时，清清楚楚地看到那盏小"灯"在草丛中发光，可是只要一不小心晃动了旁边的小草，灯光就立即熄灭了。

可是发育成熟的雌萤身上的两条光带，即使受到强烈的惊吓，也不会产生什么影响，甚至丝毫不会受影响。我把雌萤关在笼子里，并在笼子旁边放了一枪。枪声没有产生任何效果，它的两条光带依然发着光，跟没有开枪时一样，明亮而平静；我用喷雾器将水雾洒在它们身上，没有一只雌萤熄灭它的两条光带。我吹一口烟到笼子里，这时亮度变弱了，甚至灭了，但时间很短，很快又亮了起来，而且更亮了。我用手抓住它，把它翻来覆去，轻轻捏它，如果捏得不重，它就会继续发光，而且亮度不会减弱。在这个即将交配的时期，雌萤是不会熄灭两条光带的，除非有极其严重的情况，它才会把它的"灯"全部灭掉。

从各种情况来看，萤火虫会自己控制发光器，随意使它明灭。我从发光层上割下一块表皮，放进玻璃管内，用湿棉花塞住管口，以免过快蒸发。割下的这块皮确实还在发光，只是没有在萤火虫身上那么亮罢了。在这种情况下，有没有生命并没有关系，可氧化的物质——发光层与周围的空气直接接触，不需要由气管输入氧气，就可以像磷一样与空气接触而发光。还要进一步指出，在含有空气的水中，这块表皮发出的亮光同在空气中一样。如果水煮沸而没有了空气，那么光就灭掉了。这正好

证明了我前面说过的：萤火虫发光是氧化的结果。

雌萤的光是用来召唤情侣的。但是这光是照在地上的，而雄萤任意乱飞，它是从上面、空中，有时在离得很远的地方飞，因此雄萤应该是看不见雌萤的。但是雌萤有它巧妙的调情手段。它来到非常显眼的细枝上，做着激烈的体操，扭动着十分柔韧的屁股，一颠一颠地，一下子朝这边，一下子朝那边，把灯对着各个方向照，这样当寻偶的雄萤从附近经过时，不管是在地上还是在空中，一定会看到这盏"灯"。另外，雄萤还具有一种光学器具，能够在远处看到这盏"灯"。它的护甲胀大成盾形，超过了头，像帽檐或灯罩似的，其作用显然是缩小视野，以便把目光集中到要识别的光点上。

在交配时，光会弱许多，几乎熄灭，只有尾巴上的小"灯"亮着。交配后雌萤便产卵，它把那白色的圆卵产在或者不如说随便撒在什么地方。

奇怪的是，萤火虫的卵，甚至还在雌萤的肚子里时就会发光。我猜想假如我一不小心捏碎了肚子里装满已成熟的卵的雌萤，就会有一道闪闪发光的液体流在我的手指上，就好像我弄破了一个装满磷液的囊。然而放大镜告诉我，这发光是由于卵被用力挤出卵巢的缘故。

卵不久就孵化。幼虫无论雄雌，尾部都会发光。接近严寒时，它们钻入地下，但不深。在隆冬时节，我挖出几只幼虫，发现它们一直发着光。接近4月时，幼虫又钻出地面，继续完成它们的演化。

萤火虫从生下来到死去都发着光。我们已经了解了雌萤的两条光带作用。但是它们尾部的"灯"有什么用呢？很遗憾我不知道。昆虫的世界比我们书本上的相关介绍要深奥得多。

知识链接

萤火虫，昆虫纲，翼鞘目，萤科。夜间活动。已知约2 000种，中国有10属54种。体小型或中型，一般细长而扁平，雌雄均有翼鞘，或仅有雄的有翼鞘，翼鞘较软。萤火虫的发光器官位于腹部末端的下方。发光的机理是由于呼吸时使称之为"荧光素"的发光物质氧化所致。中国华南常见种有南华锯角萤。

老橡树上的争论

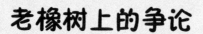

[俄罗斯] 尤·德特里耶夫

在一片森林中的草地上，生长着一棵高大的老橡树。

他长得非常茂盛，所以任何一只鸟飞过来的时候，都喜欢落在他的树枝上休息片刻。风更是一刻也不离开老橡树，总是轻轻地拨弄着他的叶子。蝴蝶喜欢在温暖的老橡树皮上待一会儿，蜥蜴也喜欢爬到粗树根上晒太阳。当然，甲虫们也爱爬到老橡树身上，喝一点从树皮缝里渗出来的树液。

但是这天晚上，不知为什么，甲虫们没有喝树液，也没有好好聊天儿。他们在争论。不知道谁开的头，反正过了不大一会工夫，他们就吵得不可开交了，招得周围的昆虫都跑来、爬来，或飞来看看老橡树上发生了什么事。

嚷得最厉害的要算独角犀。他转动着他那有一只大角的胖脑袋，来来回回重复这样一句话："谁还有角？谁还有角？"

的确，除他以外，谁也没角了，所以大家全不吭声。独角犀越嚷越大。要不是有一只甲虫落在他身边的话，他会把嗓子喊哑的。

"我来晚了，"新来的甲虫收拢翅膀说，"所以我没能及时地回答独角犀的问题。现在我回答：我有角，我有两只角哩！"说着，他骄傲地把他的两只角往前探了探。"我是麋娘，我是森林里最有名、最好看的甲虫，"新来的接着说，"我有两只角！谁还有两只角？"

谁也没有回答，因为森林里的确没有有两只角的昆虫。

"我有一个长鼻子，"象鼻虫低声尖叫道，说着他动了动他那很像象鼻子的长喙。

"这算不了什么，"五月虫嗡嗡地说，"长鼻子、犄角有什么了不起！"

"怎么算不了什么？！"麋娘和独角犀都朝他大嚷起来。

"我有个气囊。喏！"五月虫说。

"给我们看看！"他们要求道。

"哈哈！给你们看看！"五月虫笑道，"你们吹牛吹惯了，总把你们的优势拿出来显摆。我有个气囊藏在身体里面。我现在把气囊装上空气给你们看！"

只见五月虫开始鼓肚皮，好像在往里面打气似的。然后他抬起上面的坚硬的小翼鞘，展开下面的薄翅膀，就飞走了。这回大家都明白了，为什么这种身子重、笨头笨脑的五月虫飞起来那么灵活、轻巧，原来他的气囊对他飞行帮助非常大。

五月虫绕老橡树飞了几圈，又落在树干上。

"得啦！你们现在还有什么话说？"

麋娘、象鼻虫和独角犀都不说话了。只有青铜色金龟子爬到跟前来，仔细打量了一下五月虫，冷笑了一下。

"你笑什么？"五月虫感到奇怪地说，"难道说，你也有个气囊？"

"气囊？我没有。但是……但是你们马上就可以看见了！"青铜色金龟子说着，突然飞了起来。

因为这件事太突然了，昆虫们甚至一齐后退了几步，然后仿佛听到一个命令似的一齐惊讶地抖动起触须来。的确，他们谁也不会这样突然起飞。他们都会飞，但是在起飞之前，必须做一套准备工作：抬起翼鞘，伸展翅膀。金龟子却一下子起飞了。当金龟子落回树干上时，昆虫们把他团团围了起来。金龟子自豪地把身子转来转去，让他们欣赏他的翼鞘

蟋蟀的唱歌与交尾

上的开口。是的,谁也没有这种开口,只有他有!就是因为这种开口,所以金龟子不用做什么准备工作,一下子就飞起来了。

屎壳郎待在一边,一声不响。他在旁边听着,听了一会儿,就悄悄地从大橡树旁飞走了。

他在草地上空飞了一会儿,在小路上空飞了一会儿,一边飞一边悲伤地"嗡嗡"地叫着。但是为什么森林里的居民一看见他,就高兴、就欢迎呢?因为他是个报信员!如果他在草地、道路上空飞来飞去,那么就说明天气一定很好。如果他躲在洞里不出来,那么就说明要下雨了。

森林里的世界真是太有趣了。

知 识 链 接

橡树又称"栎树"或"柞树",通常指栎属植物,并非特指某一树种。栎属有615个种,其中427种来自栎亚属,188种则来自青冈栎亚属。其果实称"橡子",木材泛称"橡木"。橡树是世上最大的开花植物;生命期很长,它寿命可达400岁。果实是坚果,一端毛茸茸的,另一端光溜溜的,好看,也好吃,是松鼠等动物的上等食品。研究发现,位于美国加州的一棵侏鲁帕橡树已经生存了至少1.3万年,可能是世界上已知最为古老的活生物。在美国,经过民众的网上投票,橡树已被选为美国国树。

作祸花和老实花

[苏联]尼·巴甫洛娃

草藤全身的力气都在须子上。她的茎很软弱,连站都站不起来。在草藤的叶梢上,有一些绿色的线。那就是须子。她用须子攀住旁边的草茎,从草丛里钻出来,伸向太阳。

"丑八怪,"鸡冠花骂她,"你不会独立生活,非得叫别人扶着你!"

鸡冠花稳稳当当地站在地上,她的茎得意地掮着长圆形的叶子和黄色的小花。每一朵小花,都从一个扁扁的小绿口袋里向外望,就像蜗牛从贝壳里探出头来一样。

这些小绿口袋使鸡冠花显得阴沉沉的,看起来有点狡猾。但是她的名声挺好的。

别的花儿一提起鸡冠花,就说:"她多老实呀,一点不惹人厌。从来不触犯别的花草,也不麻烦别的花草。"

草藤被公认为草场上第一个作祸精。

"草藤用10根须子缠住我的脚,"金凤花愤慨地说,"还勾住我的脖子。"

"她把两个小铃铛似的东西伸到我的花跟前,把我的花抱住了。"蓝眼睛的水苦荬抱怨道,"把什么都给搞乱了!"

鸡冠花跟黄花草是街坊。那里每一棵黄花草都站在自己的位置上。可是,不知道为什么,她们都显得弱不禁风,病容满面。

"我不断地从土里吸收水分,可老是不够用,"黄花草抱怨道,"瞧

瞧,那边的草儿已经比我们高一倍了。"

"懒痞子!"鸡冠花骂她们,"连让自己吸收足够的水分都不会。你们白在地下长根了。"

于是黄花草就得了个"懒痞子"的名儿。大家都说:"既然鸡冠花这样称她们,就准没错儿。"

只有草藤同情她们。

"这怎么能怪她们呢!"她愤愤不平地说,"这些孩子也不过是发育不良而已,应该可怜她们。"

但是,她刚说完这句话,她旁边的许多草就一齐攻击起来了:

"头脑不清楚的家伙,你还不如可怜可怜我们呢!"

"你们有什么可怜的?你们正常地生长。我只不过把你们攀住了一点点,这对你们并没有多大的伤害。"

说着说着,大地发生了地震。起初,只听见地下发出一阵阵震动声,正好是从鸡冠花站的那个地方发出来的。后来,土地上凸起一个小丘,凸起来之后就散开了。

鸡冠花跌倒在地上。周围的黄花草也都跟她一起躺在地上。

"站稳了!"鸡冠花向她们喊道,"如果你们的根,哪怕只有一根小小的根留在土里,那么你们就有活下去的希望!"

"自己都要死了,还关心别的花草!"蓝眼睛水苦荬轻轻地说。

"谁要死了?"鸡冠花嚷道,"黄花草不死,我就死不了。我和她们永远是息息相关的。"

这时候,大家才知道鸡冠花丢人的秘密:她的根上有一些吸枝,吸在邻居的根上!

原来,她是从黄花草身上吸收水分,怪不得黄花草那样病容满面哩!

"我一时还死不了。"鸡冠花躺在越来越干的泥土上不停地说。

不过,太阳另有打算——把鸡冠花裸露在外的根连同吸枝一起,都给晒干了。草藤却直到现在还活着呢,再也没有花草骂她了。

知识链接

鸡冠花是一年生草本植物,喜欢高温干燥的环境和疏松肥沃、排水良好的土壤。黄花草又叫"赛葵",是多年生亚灌木状草本植物。鸡冠花把吸枝吸在黄花草的根上,是为了吸取营养,这种现象叫作"寄生"。

大象的鼻子为什么那么长

方舟子

现存的两种大象（亚洲象和非洲象）组成了哺乳动物的一个目——长鼻目，那条长长的鼻子是大象引人注目的特征。大象的鼻子就像人的手一样有用，如大象用鼻子卷食物，用它吸水（一次能吸14升），用它当武器，用它擦眼睛，用它向情敌示威，用它打招呼（比如两头大象见面时会相互握鼻子，就像人见面握手一样）……

我们怎么知道大象的祖先是如何生活的呢？一种办法是把大象和其他哺乳动物进行比较，看哪一种和它的亲缘关系最近。通过比较基因序列，人们发现和大象最接近的是生活在水中的海牛目动物（包括三种海牛和儒艮）。大象的部分身体结构和发育过程也和海牛目动物很像，都是水生动物的特征。另一种办法是找到大象祖先的化石。人类已经发现的古象化石有400多种，其中最古老的是生活在大约5千万年前的莫湖象，也叫"始祖象"。始祖象像猪那么大，形状像现在分布在东南亚和美洲的貘，有一个向前突出的鼻子。貘生活在热带丛林的河流和沼泽中，善于游泳和潜水。始祖象的化石是在埃及北部的沙漠中发现的，但是在几千万年前那里覆盖着亚热带雨林和沼泽。很多证据表明始祖象就生活在河流或沼泽中，以水生植物为食。和始祖象同时期的其他种类的象也是如此。后来随着气候变化、森林消失、河流和沼泽的干涸，大象才到陆地上生活。

大象的长鼻子当然是从短鼻子进化来的。根据自然选择法则，大象的长鼻子对它们的生存有优势。因为大象有时要横渡河流或湖泊，它可以把鼻子伸到水面上呼吸，就像一根通气管，所以这时即使河水、湖水很深，深到把它淹没了，也难不倒它。其实大象是游泳高手，能游几个小时，本来不必用这么笨的方法过河，这似乎反映了它的某种本能。大象即使在游泳时，也喜欢高举着鼻子。

如果我们也给自己装一个像象鼻子那样长的通气管，那么是不是也能像大象那样渡河呢？一头非洲象的高超过4米，当它被水淹没时，它的肺底部距离水面大约是2米，在这个深度要承受大约150毫米汞柱（毫米汞柱约为0.133千帕）的水压。那么血管的血压必须比这还高，不然就没法把血液输给其他组织了。但是肺通过长鼻子通到了水面，肺泡的压力接近大气压，是0毫米汞柱。这样，在肺的底部，压力从0毫米汞柱突然增加到150毫米汞柱。一般来说，肺的表面上包裹着两层薄膜，叫作"胸膜"。里面那层膜紧贴在肺上，叫"脏胸膜"。外面那层贴附在胸腔内面，叫"壁胸膜"。两层膜之间是一个密闭的腔隙，叫"胸膜腔"。胸膜腔里有一些浆液，有润滑作用，减少呼吸时的摩擦。胸膜只是薄薄的一层细胞，厚度只有30微米，里面有毛细血管，在水深2米时血压约150毫米汞柱。而胸膜腔的压力接近大气压。也就是说，此时胸膜毛细血管的压力一边是0毫米汞柱，一边约150毫米汞柱，这样血管将会破裂！即使给我们安一个长鼻子，也没法像大象那样潜水，会导致内出血。

那么为什么大象能安然无恙呢？早在1681年，都柏林一位医生在解剖一头被烧死的大象时发现：大象没有胸膜腔。以后研究也证实了，在大象的两层胸膜之间，充满了结缔组织，只不过这些结缔组织比较松散，因此呼吸时仍是可以滑动的。大象的胸膜由厚实的结缔组织组成，厚达500微米。胸膜里的毛细血管被厚厚的结缔组织保护起来了。这样就避免了大象潜水呼吸时发生血管破裂的现象。同时，为了避免潜水呼吸时导

致肺部下面的横隔膜破裂，大象的横隔膜非常厚，厚达3厘米，比其他哺乳动物的厚得多。

对大象来说，如果潜水呼吸只是像现在这样偶尔为之，那么值得它们对身体构造如此大动干戈吗？在大象进化的早期，潜水呼吸必定对它们的生存起到极为重要的作用，以至于它们对身体结构必须做出相应的变化才能繁衍下去。所以说，大象的祖先很可能是生活在水中的。

大象的鼻子为什么那么长？这个问题的答案有点出乎意料，但是很合理：为了能潜水呼吸。长鼻子的其他功能，主要是后来衍生出来的。

知识链接

大象，长鼻目，象科，是现在世界上最大的陆栖哺乳动物。大象是群居性动物，以家族为单位，由雌象做首领，每天活动的时间、行动路线、觅食地点、栖息场所等均听雌象指挥。而成年雄象只承担保卫家庭安全的责任。大象的皮层很厚，可有效防止蚊虫叮咬。象牙是防御敌人的重要武器。大象鼻子很长，鼻端生有指状突，能捡拾细小物品。

电鱼发电

王义炯

到达美洲的第一批西班牙人，虚构了一个故事，说在南美大陆的丛林中，有一片极为富饶的土地，那里的树木上都挂满了纯黄金。为了寻找这个天然宝库，由西班牙人迪希卡率领的一支探险队，沿亚马孙河逆流而上，来到了一大片沼泽地边缘。时值旱季，沼泽地几乎干涸了，只有远处的几个小水塘在正午太阳的照射下闪烁着光芒。

探险队来到了小水塘边。这时，他们雇佣的印第安人大惊失色，说水下有怪物，不愿意从水里走过去。迪希卡命令一位士兵，做个样子给印第安人看看。于是，这位士兵满不在乎地向水中走去。可是，才走了几步，他就像被谁重重地打了一下似的，大叫一声倒在水中。他的两个同伴冲上前去救他，也同样被看不见的敌人打倒了。士兵们见水中毫无动静，才小心翼翼地走到水里，把3个伤兵救了出来。可是，他们的脚都已经麻痹了。

后来，人们才知道，这个藏在水下的凶狠的怪物就是淡水电鳗。南美的电鳗是一种大型的鱼，它的模样像蛇，体长2米多，重20多千克。平时，电鳗一动不动地躺在水底，有时也会浮出水面。电鳗会发电，能使小虾、小鱼和蛙等触电而死，然后饱餐一顿。当它遭到袭击的时候，也会立即放出电来，一举击退敌人的进攻。3位士兵被击倒，是由于电鳗把他们当成来犯的敌人，因而放出强烈的电流。电鳗不仅用放电来猎取食物和对付敌人，还用电来通信和导航。有人发现，当雄电鳗接近雌电鳗

时，水中的电流会发生变化。这是它们在打招呼呢。

其实，放电的本领并不是只有电鳗才有。如今人们已发现，在世界各地的海洋和江河、湖泊中，能放电的鱼有500多种，像电鳐、电鲶等，人们将这些鱼统称为"电鱼"。电鱼既能放电，又能根据反射回来的信号，准确判断几米远的地方游来的是同伴、朋友、求爱者，还是竞争对手、猎物，然后采取不同的对策。

有一种非洲电鲶，放电时电压可达350伏，可以击死小鱼，可以将人畜击昏。南美洲电鳗可以称得上是"电击冠军"了，它放电时可以产生的电压高达880伏。北大西洋巨鳐一次放电，竟然能把30个100瓦的灯泡点亮。

为什么电鱼能产生这么高的电压呢？科学家经过一番研究和实验，终于发现在电鱼体内有一种奇特的电器官。各种电鱼的发电器官的位置和形状都不一样。电鳗的发电器官分布在尾部脊椎两侧的肌肉中，呈长菱形；电鳐的发电器官像两个扁平的肾脏，排列在身体两侧，里面是由六角柱体细胞组成的蜂窝状结构，这六角柱体就叫"电板"。电鳐的两个发电器官中，共有200万块"电板"。电鲶的发电器官中的"电板"就更多了，约有500万块。在神经系统控制下，发电器官便会根据情况放出电来。单个"电板"能产生的电压很低，但由于电板很多，因而产生的电压就很高了。

有趣的是，世界上最早、最简单的伏打电池，就是19世纪初意大利物理学家伏打，根据电鳐和电鳗的发电器官设计出来的。最初，伏打把一个铜片和一个锌片插在盐水中，制成了直流电池，但是这种电池产生的电压非常低。后来，他模仿电鱼的发电器官，把许多铜片和经盐水浸泡过的纸片、锌片交替叠在一起，这才制造出了电压比较高的直流电池。

对鱼的研究，可以给人们带来许多的好处。如果我们能成功地模仿电鱼的发电器官在海水中发电,那么船舶和潜艇的动力问题便能得到很好的解决。一些科学家打算模仿电鱼的发电机理,创造新的通信仪器。

知识链接

电鲶,硬骨鱼纲,电鲶科。体形似鲶,长达1米。口端有须3对。无背鳍,近尾基处有一低平脂鳍。背面皮下有成对的发电器官,放电时产生的电压高达450伏,能击毙小动物,然后将其吞食。电鲶原产于非洲尼罗河,现已成为世界各地热带鱼爱好者的饲养对象之一。中东诸国医生将电鲶产生的电流用于治疗风湿病。

喜马拉雅雄麝的绝技

刘先平

黑熊从懊丧中清醒，瞪着血红的眼睛，迸射出熊熊的怒火，没一会儿就追上了雄麝。逃生者和猎杀者之间的距离越来越小。

黑熊不断扩大着优势，杀气腾腾。那架势，只要有可能，它会伸手将猎物抓住、撕碎，绝不会给对手留下半点的机会！

李老师紧紧地攥着我的胳膊。雄麝这次大概难逃厄运了。

雄麝只是看着前面，拼命地逃跑，头也不敢回一下。

我看到黑熊在奔跑中，身子微微向后挫去……坏了，它要痛下杀手了……

是的，黑熊突然跃起——只要够着雄麝，往下一压，也会让对手粉身碎骨。它的体重有两三百斤，再加上助跑的冲力……而雄麝呢，体重只是它的四五分之一啊。

借用一句"说时迟，那时快"，眼看黑熊就要抓住雄麝时，它却骤然跳起，跳得高高的……

傻瓜，瞎了眼！前面是粗壮的树枝。

再优秀的跨栏冠军，也跨不过去啊！你怎么能犯这样的低级错误呢？

就算你有跨栏的本领，你能毫发无损地穿过密密的枝叶，还要落下后不致跌断了腿，完完全全、安安稳稳地落下——时间差也会使你成为黑熊的掌下之鬼啊……

你已用特殊的才能逃过了一劫，现在却要落得这样的下场！

我惊得目瞪口呆。

李老师屏气息声。

还未等我们看清楚，雄麝已跳到树上。冲力使它在树上晃了几晃，但终究没有摔下，而是神奇地站在了横枝上。

奇迹再一次出现了。

真的，千真万确。它实实在在地站在碗口粗的树枝上。尽管肚腹在急速地鼓动，它还是向前挪了挪，调整了位置，使自己更为自在。居然还瞅着黑熊，那意思像是在说："上来吧！咱们再玩玩！"

我猛然想起了多年前胡锦矗教授说的话："在有蹄类动物中，只有麝具有上树的本领。"

它有着硬蹄啊！

今天，在西藏高原上，在世界屋脊的美丽森林中，大自然教育了我。在奥妙无穷的大自然中，真的是一切皆有可能……

真是"煮熟的鸭子飞了"。黑熊气急败坏。但它不甘心，也没有做徒劳的跳跃——它肥硕的身子绝对跳不到那样高。

它来到树下，毫不犹豫地站了起来，举起前腿，妄图把雄麝拉下来。雄麝岿然不动，连正眼都不瞅它。

黑熊双脚一蹬——跳起来了。但还是够不着。

嘿！它想表演单杠哩！你以为你是全能冠军？

它只要能抓住横枝，我相信那横枝绝对会"咔嚓"一声——断了，就是不断，它只要用力一摇，雄麝也绝对会像桃子一样落下。

它又一收身子，再度跳起。眼看就要抓住横枝了，却又落下。

它再跳，再落下，再跳……可就差那么一点儿，最多也就只差一两厘米吧！永远是可望而不可即。

就是这一两厘米的距离，隔开了两者。引得黑熊不断跳起……

就在黑熊再度跳起时,雄麝射出一股尿流,击得黑熊满脸尿花四溅……

凭感觉,我一把捂住李老师的嘴,硬是将那"咯咯"的笑声,闷在她喉咙中……

真有你的,雄麝!

若是准确性再高一点,直射黑熊眼睛,那该多好!

黑熊气急败坏,又是摇头,又是抹脸,"哇哇"大叫。

它放下前肢跑了起来。没跑几步,转身再跑。就像一只小狗,总是为了咬不到自己的尾巴打圈子。

雄麝似在欣赏这憨拙的表演,无比轻松、自在。

黑熊终于放弃了徒劳的跳动——它虽然能用后腿站立,但那毕竟是"做作",别扭!

它放下前肢,看了看树上的猎物,瞅了瞅粗粗的树干——是的,这时我也看清了,是棵青冈栎。胸径最少有八九十厘米,粗粗壮壮。

原以为黑熊要走了。可它走到树下,立起身子抱住了树干,伸出锐利的爪子,抓住树干,开始上树了。

它绝不放弃啊!

直到这时,我才想起熊也会爬树,喜欢在树上搭起简陋的窠,临风嬉戏。我曾在云南、川西都见过熊搭在树上的窠。开头还误以为是硕大的鸟窠。

这个季节,黑熊太肥胖了,爬树时显得无比笨拙,但它毕竟是在一步步向上爬着!

雄麝,你还不赶快跳下逃命?只是傻愣着干吗?黑熊只要爬到树上,随便晃晃那树枝,摔不死你,也得让你"满地找牙"。

雄麝并不惊慌,只是若无其事地瞅着黑熊。

黑熊也时时用血红的眼瞥一下雄麝，意思很明白：看你还能往哪逃？

是被雄麝看毛了，还是发现了什么奥妙？黑熊改变了方向，尽量往雄麝视角的盲区转。

啊！雄麝有些不安了。

你还不赶快逃命，竟往树干这边走了两步，勾着长脖子瞅黑熊干吗？

可它就是不走，好像那横枝上有什么绊了它的腿。要么就是太高了，它不敢跳。

黑熊鼓足了劲，往上爬，眼看就要到达雄麝站立的横枝了。

雄麝还没有跳，只是向着树梢走了几步——别看是硬蹄子，走得还挺稳当哩！看样子这绝不是它第一次上树。

这真是"急心疯碰到了慢郎中"。

但黑熊的前肢刚抓住树桠时……

雄麝一蹬树枝，飞身而下，银灰色的光芒一闪，已落到地上。它放开四蹄，扯起一道银色的闪电……

只是眨眼的工夫，它已在七八十米外的高坡上。这家伙居然还站住，回头望了黑熊一眼，满是得意。

黑熊是上到树枝上了，但树枝上已空空如也。它只好看了看下方……

看不出黑熊是沮丧，还是愤怒。它坐到树桠处，还索性将后背舒舒服服地靠在树干上，一副绅士休闲的派头……

我感到身上凉凉的。李老师不禁打了个冷战。肯定是我们衣服已经湿透。西藏高原上已秋意浓浓了。

此时不走，还等何时？

我拉起仍然沉浸在激动中的李老师，悄悄而又快速地向下走去。

知识链接

麝，亦称"香獐"，国家一级保护动物。哺乳纲，偶蹄目，麝科。体长80～90厘米。前肢短，后肢长；蹄小。耳大，雌雄都无角。体呈棕色，背部较深；有的呈灰褐黑色，带有不甚明显的土黄色条纹和斑点。颈下向后至肩有两条白纹。雄麝犬齿发达，形成"獠牙"；脐与生殖孔之间有麝香腺，发情季节，特别发达。以青草、苔藓、野草为食。分布于中国东北、甘肃、陕西、湖南、河北、山西、广东、广西、云南、湖北、安徽、四川、新疆、西藏等地山区，亦见于俄罗斯西伯利亚和朝鲜半岛、日本等地。麝香腺分泌的麝香，可作药用和香料用。

神奇的生物圈

刘先平

从高处俯瞰巨柏群，视野开阔。在密密的林海中，巨柏显得尤为出类拔萃，使整个森林具有了另一种气质。

观察的结果，还是进山不久看到的那片巨柏最好。在不大的范围内，聚集了十几棵巨树，组成了一个群落，说明那里有着一个特殊的生境。

我们首先是找到了那棵最为伟岸的柏树，它立身在山坡上。如一座宝塔巍巍然插入蓝天。树冠如云、如盖，遮阴的面积少说也有六七百平方米。从侧面看，它在2米多高处，分成了三大支，但不岔开，倒像是比肩向上。目测它的高度应在40米之上。

我问老李，老李说：

"你终于开口问了。"

"你这家伙，这样小气，到现在还记住。"

他笑了：

"有人测量过了，是50米。"

当我和它拥抱，并感到1.82米身材的双臂太短时，一股柏香沁入心肺……神圣、敬畏之情油然泛起……那芳香是大自然千万年来精气的酝酿凝结，它带来了远古的气息……

李老师却将耳朵贴在树干上。这是倾听生命的脉搏。

老李说：它的胸径是5.08米。树龄在2 300年至2 600年。为了保护

它，未敢用生命锥探测。

那么它的胸围就是15米之多，将近16米了。这是需要八九个人才能环抱的，是真正的巨柏王！

如果要说得形象些，巨柏是座塔。不妨假设现在有辆重型卡车要通过，那么只要给它开个三四米宽的门，就可以宽宽敞敞长驱直入了！重型卡车车宽也就3米左右吧！

10多步远处有一棵稍小的巨柏，树高是43米，胸径近3米。据老李说，树龄也在2 000年左右。

不多远处，立在稍平的坡上的巨柏，树高也在46米之上。老李说：胸径有两米七八。

巨柏在不大的范围内，竟然有十几棵。

有人计算过，平均每公顷木材蓄积量达到了六百七八十立方米，最高能达到1 000立方米。

多么惊人的数字！

在这个不大的范围内，巍然屹立着如此众多的巨柏啊！

我走过热带雨林、亚热带森林、温带森林，也到过北方的针叶林，却从未见过如此顶天立地、震撼人心的树木群落。

若以这个群落为单位，它的生产能量，绝对超过了热带雨林，但为什么却很少为人所知呢？因为它生长在西藏高原，所以很少有人知道它。

这是大自然的神奇造化，是大自然留给人类最瑰丽的遗产！

我想起了两年前从类乌齐去昌都的途中，翻越海拔4 669米的角拉山垭口时，公路迂回盘绕，画出弯弯的曲线，如一幅起伏跌宕的风景画，直达山谷中的森林。在山谷的转弯处，柏树群非常瞩目。

朋友将车停下，说这是中法科学家共同发现的、生于1 500年前的唐朝柏，至今依然鲜活的柏树群，不可不看。

不信吗？树干上全都编了号哩！

上到山上，确有几棵大柏树，胸径有1米。树高在二十八九米。

然而，一路之隔，山下的山坡上，编号为"35"的，胸径最多只有五六十厘米，树高仅10米出点头，树的枝干如极尽了岁月的沧桑。

老李说：

"柏树属裸子植物亚门，虽经常将松柏连在一起，但柏树是常绿乔木或灌木。你看，它叶子小，紧紧贴在枝上。种子很小，一个果中有好几粒。我国有柏树9属、44种和7个亚种。著名的有侧柏、台湾扁柏、圆柏、刺柏、福建柏，它们都是园林绿化的树种。

"我没见过角拉山那边的柏树群，当然说不出它是哪种柏。

"这里的柏，俗称'巨柏'，其实是雅鲁藏布江柏。林芝县城就在雅鲁藏布江的中游嘛。

"藏族同胞崇敬自然、热爱自然，对柏树尤为喜爱。它伟岸高耸，愈经岁月的风霜，愈是通体散发着沁人的芳香。这棵巨柏王，已被尊为'神树'了。看到了吧，树上扎满了彩带哩！巨柏群是人们心目中的圣地。

"传说巨柏，即藏传佛教中的苯教开山鼻祖辛饶米沃的生命树。天人合一，生命之树常青。"

他的话，激起我心头巨大的波澜——所有的生命都是一个整体，构成了生物圈，相依相存。

我突然明白昨晚听了老李对巨柏群的介绍之后，为何要决定今天早起——内心的冲动与寻觅。我看到了森林的各种树种、林下的灌木、草地，看到了山鼠与白马鸡、兔子与山猫、黑熊与雄麝之间竞争生存的权利……正是这一切组成了繁荣昌盛、欣欣向荣的生物圈。巨柏成了这个生物圈的标志。生物圈也保护了巨柏。当然，还有水、光和土壤……

我突然悟彻了云南西双版纳那位朋友的话："我绝不能说出那棵真正

铁树王的所在地。"他说读过我写的《铁树王》,但他见到了一棵比我记叙得更高大、历史更悠久,现在依然生气勃勃地生长着的铁树王。他说,即使是对我这位终生为保护大自然奔走的人,也不能说出它的地点。因为担心我不经意中说出去,被怀有各种目的人知道后,会穷思竭虑想出办法——将它移到哪个园、哪个馆。那无疑是对它的残杀——它之所以能生于斯,几千年不衰,就是因为依赖于那个生物圈。失去了那个生物圈的护佑,也就失去了根本,"一方水土养一方人"啊!

阳光突然射进了森林,金色的阳光照在巨柏的树干上了……

啊!树干上闪耀着琥珀色,光彩照人的光芒,犹如电光石火撞击了我的心灵,开启了智慧。

巨柏焕发出了青春的色彩,洋溢着青春的色彩。

原来巨柏震撼我心灵的就是这青春色彩的洋溢!

两年前,我去朝拜神圣的梅里雪山,在去明永冰川的澜沧江边,也见到了几棵胸径有1米多的雄伟柏树。树干的色彩给了我异常深的印象。

一般来说,千年之上的古树,总是残枝如戟,古朴遒劲。

饱经沧桑是美!

巨柏虽然历经了2 000多年的岁月,但树上几乎没有断枝,反而通体发光,闪耀着青春的色彩。

永葆青春也是美!

我更爱永葆青春的美!

知识链接

生物圈，地表生物有机体及其生存环境的总称，是地理壳的组成部分。它包括海面以下约11千米到地面以上约10千米，即地壳上层（主要为风化壳）、水圈和大气对流层，但主要集中在它们的接触带中，这里有能维持生命活动的光、热、水分和土壤等一切条件。它是一个复杂而巨大的生态系统，其下可划分为不同系统，如陆地生态系统、森林生态系统等。地质学家爱德华·苏威斯于1875年最早使用"生物圈"这个词。

最忠贞的爱情鸟

方舟子

"梧桐相待老，鸳鸯会双死。贞女贵徇夫，舍生亦如此。波澜誓不起，妾心井中水。"自古以来，鸳鸯就被中国人视为忠贞爱情的象征。这源于晋朝就已记载的一个传说：鸳鸯一刻也不分离，如果有一只被抓走，另一只就会相思而死。

可惜现代鸟类学家的观察破坏了人们美好的想象。事实上，鸳鸯只在交配的季节才在一起，而在雌的孵蛋、抚养幼鸟期间，雄的并不承担责任，而是跑到别的地方去了。在下一个交配季节，雄的通常还会回来找原配，这也许让人感到一丝欣慰，但是和那些雌雄终身不分离的鸟类相比，这又算不了什么。鸳鸯的忠贞只是人们看到鸳鸯成双成对戏水时的异想天开而已。

至于说鸳鸯夫妇如果被拆散，就会相思而死，更是无稽之谈。生物的本能是繁衍后代、传播自己的基因。因此，再忠贞的鸟也不太可能为亡夫亡妇守节或殉情，放弃继续传播自己基因的权利。它们将会另觅新欢。如果出现一只殉情的鸳鸯，那么它的基因将难以传播，很快被淘汰掉。

如果在鸟类中寻找忠贞爱情的象征，那么许多奉行严格的一夫一妻制的鸟类都比鸳鸯够格。生活在南冰洋岛屿上的漂泊信天翁（以下简称"信天翁"）是忠贞的一种。信天翁的雌雄一旦结为"夫妻"，就会从此生活在一起，"夫妻"关系通常会一直持续到一方死亡为止，"离婚率"大约只有0.3%。有一对信天翁被发现在一起生活了40年——这还得归功于信天翁的长寿，它们是寿命很长的鸟类，能活60多岁。

信天翁的翼展开有3.5米。如此巨大的翅膀让它能不拍动翅膀也可以在空中翱翔几个小时，特别适于长途飞行。每次出去觅食，信天翁要花上几天时间，飞行几千千米——已知的纪录是12天飞行了6 000千米。信天翁在荒凉的小岛上筑巢，附近没有食物，必须到很远的地方才有可能找到食物，食物主要是乌贼和鱼。一旦发现了食物，信天翁就会拼命地吃，有时候吃得太饱飞不起来，只好先在海面上歇息。

在如此艰辛的条件下，要养活自己已不容易，何况养育后代？但是后代是不能不要的，否则我们今天就见不到信天翁了。只能是尽可能地减轻养育后代的负担。信天翁每两年才生育一次，每次只生一个蛋。在12月10日到1月5日这段时间里，雌鸟产下一个蛋，然后开始孵蛋，雄鸟也热心地想要参与，有时会强行把雌鸟推开，抢着孵蛋。此后雌雄轮流孵蛋两个多月，幼鸟才破壳而出。

幼鸟出生后，父母要轮流出海觅食，回来后，从胃里吐出液体食物喂养幼鸟。父母必须喂养幼鸟9～10个月，每天喂给幼鸟1.5千克的食物。刚出生的幼鸟体重只有80克，到它们会飞时，体重达到8千克，增加了100倍，可见父母喂养负担之重。而实际负担比这还重，因为在幼鸟会飞时，体重其实还有所减轻。在会飞之前，为了安全过冬，幼鸟体内必须储存大量的脂肪，要把自己吃成一个肉球。这时的幼鸟站起来有1米高，体重达35千克，约是它父亲体重的3倍！

有些昆虫的卵能自己孵化，孵出的幼虫能自己觅食，虽然大部分的卵和幼虫都会成为其他动物的食物，但是毕竟还有长大的机会。因此有的父母只管生不管养，通过增加产卵量来增加后代存活数量。但是对鸟类来说，对生下的蛋不能不管，否则幼鸟不会孵出，蛋也会百分之百成为其他动物的食物。幼鸟孵出后，通常也不能置之不理，还必须喂养它、

保护它，否则它的生存几率为零。

因此父母至少必须有一个要承担孵蛋、喂养幼鸟的责任。虽然父母对后代贡献了等量的遗传物质，但是在其他方面不平等：母亲使用了大量的能量来生产营养物质，以便后代食用，她提供的蛋要比父亲提供的精子大得多，也贵重得多。也就是说，母亲对后代的投资要大得多，如果蛋被吃掉或幼鸟夭折了，那么母亲的损失很大。这就是为什么多数鸟和鸳鸯一样，通常是雌鸟留下来孵蛋、养育后代，而雄鸟只管交配，完了一走了之。

对信天翁来说，虽然已把一窝蛋的数量减少到一个，但要孵化、养育这种巨鸟仍然是一大挑战，只靠母亲一人无法完成，父亲不得不共同承担责任，否则它自己的基因无法传播，交配成了也无用。幼鸟长大后，母亲或父亲为什么不另觅新欢呢？这是因为寻找中意的配偶相当费时间，一般要花上2～3年才能确定关系，相当于少生了一窝，显然不如回到知根知底的老夫老妻身边。可见，信天翁白头偕老的浪漫，其实是为了保证自己的基因能够传播下去而不得不做出的选择。

知识链接

鸳鸯，鸟纲，鸭科。鸳指雄鸟，鸯指雌鸟。雄鸟体长约43厘米。羽色绚丽。眼棕色，外围有黄白色环；嘴红棕色。雌鸟稍小，背部苍褐色，腹部纯白。栖息内陆湖泊和溪流中。飞行力颇强。多筑巢于树洞内。越冬时在长江以南直至华南一带。平时以植物性食物为主，兼食小鱼和蛙类；繁殖期间以昆虫、鱼类为主食。

第二辑
环保在身边

有人说，教育、人口和环保，是新世纪人类面临的三大难题。此言不虚。工业文明给人类带来空前的繁荣，同时也带来严重的污染。有人调侃说："你可以不吃西药，也可以不吃中药，但你不能不吃农药；你可以不吃有毒的饭，也可以不喝有毒的水，但你不能不呼吸有毒的空气。"可见人们对环境污染是多么忧心忡忡！

如何在高速发展的同时保护环境，是全人类面临的共同难题。

我们一起来听听有识之士的金玉良言，同时从自我做起，从身边做起，使人类居住的地球永远绿意盎然。

西藏有惊人美丽的森林

刘先平

  2006年，当我们到达西藏的类乌齐县时，迎面扑来的苍绿的森林，让我们瞠目结舌、欣喜若狂。

  绿色的世界，扫荡了印象中沉积的荒凉。西藏原来并不遥远，西藏是那样的美丽。她是我国主要林区之一啊！我在印象的误区中待得太久，需要去认识……

  森林毕竟是陆地上的重要生态系统。

  对我们这样天南地北的跋涉者来说，已习惯了每次临行前的平和。但那天夜里我难以入睡，且又常常醒来。李老师总是叮嘱："别太激动，路上不轻松；我也要快点入睡。"

  从成都乘飞机至拉萨的那天，晴空万里。只有稀疏的云朵，东一朵西一朵在湛蓝的天空飘着。

  从舷窗外突然俯瞰到横断山脉的逶迤，我们犹如启蒙的孩子，对文字的一撇、一捺所蕴含的神奇都惊喜异常——今天我们是从高空中看到她的奔腾、她的激情、她的沉思……

  刚到拉萨的晚上，同行的老马因高原反应躺在床上，晚饭也没吃。拉萨的海拔已是三千五六百米了。

  第二天，我们就与同行的朋友们各奔东西，去寻找心中的向往之地。

  我和李老师租了部车去林芝。林芝在藏语中意为"太阳的宝座"，有"小江南"之称。那里有全国单位蓄积量最高的茂密的森林。

从拉萨出发，沿着山谷中的藏川公路前行。路旁的田间，人们正在收割青稞，油菜也近成熟。小片的湿地上，开满了各色艳丽的小花，几只水鸟忽上忽下飞旋……

车向高山攀爬，直到海拔5 020米的米拉山口。这里是分水岭，有条小河向西，注入拉萨河；过了山口，是尼洋河东流，注入雅鲁藏布江。我们的车，也就一直追随着尼洋河。

到达在河谷中的林芝县城八一镇时，已是傍晚。林业局的朋友老李热情地介绍了情况：

林芝有260多万公顷的森林，蓄积量有八九亿立方米，蕴藏着熊猴、毛冠鹿、金钱豹、云豹、黑熊、孟加拉虎、角羚、蟒……喧嚣的动物世界。

当我说到要去看他介绍的、保存得最好的森林时，他说："现在正值雨季，通往墨脱、察禺的路都断了。"看到我满脸的失望，又说："明天去古柏树群吧。那可是全国独一无二的生命群体。你在任何地方都看不到的最美的最壮观的群落。看了后，你肯定有新的认识、新的感悟。"

虽然我感到有些失落，但在野外考察，"一切皆有可能"。

林芝是座河谷城市，比之于藏东也是河谷城市的昌都，较为平坦。街道整洁，商店林立，一派欣欣向荣的景象。

"真是好地方。猛然间还以为是在内地了。森林使这里的空气含氧量比同海拔的高了许多。"

李老师由衷的赞扬，使我想起前两年在青藏高原的日日夜夜。虽然我俩高原反应不强烈，但一旦走快了，拍照片时蹲下，再站起就会是头重脚轻。因而我俩立了条规矩，拍照前先看站立处，一定不能站在陡险处，防止头晕摔倒。

一夜酣睡，根本忘却了这儿是青藏高原。

知识链接

青藏高原，旧称"青康藏高原"，中国四大高原之一。在中国西部及西南部。世界最高和最年轻的高原，号称"世界屋脊"。北界昆仑山、阿尔金山、祁连山，南到喜马拉雅山，东南至横断山脉。包括西藏自治区、青海省、四川省西部、甘肃省西南部和新疆南部山地。面积约250万平方千米，平均海拔4 000米以上。为东亚、东南亚和南亚各大河流源地。山岭海拔超过6 000米。高峰终年积雪，冰川覆盖面积约4.7万平方千米，占全国冰川总面积的80%以上。

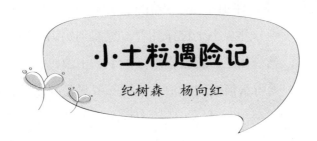

小土粒遇险记

纪树森　杨向红

北岗上住着土壤妈妈和她的孩子小土粒。

除了松树爷爷,北岗上没有其他邻居了。小土粒看着四周光秃秃的黄土地,心里很烦闷。有一天,他对妈妈说:"咱们北岗这样荒凉,我闷极了。您带我到别处去玩玩吧。"

妈妈说:"过几天,咱们这里就要种树了。等种了树,长了草,这里就会变得山清水秀,变得美丽、热闹起来。"

松树爷爷听到母子俩的谈话,插话说:"小土粒,现在北岗的确很荒凉,从前可不是这个样儿。记得我小时候,北岗到处是一片绿,郁郁葱葱的。梅花鹿、山羊、野兔经常在我身旁窜来窜去,还住着小松鼠哪。鸟儿在我身上唱歌跳舞,蟋蟀在我脚下弹琴。岗下绿茸茸的草地上,开满了五颜六色的花朵,蜜蜂、蝴蝶在花丛中翩翩起舞,可热闹了。"

"后来怎么变了呢?"小土粒急忙问。

土壤妈妈叹了口气,伤心地说:"后来,一些贪心的糊涂人,把大树都砍伐了。当时松树爷爷还小,成了幸存者。从此,我们失去了最忠实的保护者。风雨变得凶残起来,夺去了我的营养,蛮横地抢走了我的孩子。日复一日,年复一年,我经受了一次又一次的沉重打击,就越来越消瘦了。"

松树爷爷叹息着说:"是呀!天灾总是跟着人祸来的呀!"

松树爷爷还想说下去,突然狂风大作,一声霹雷,暴雨冲下来了。

暴雨一边冲一边喊:"小土粒,快来跟我游山玩水去!"

　　小土粒有些害怕，伸出小手，揪住妈妈的衣襟。暴雨冲过来，恶狠狠地把他们母子俩分开。小土粒挣扎着，想回到妈妈身边，但是他哪里是暴雨的对手，晃了几晃，就被暴雨拖走了。土壤妈妈焦急地望着越来越远的小土粒，无可奈何地流着泪。松树爷爷只是叹息着，他也无能为力。

　　暴雨冲刷着地面，汇成一股股流水，挟带着许许多多小土粒的弟兄们，在山沟里东奔西跑。

　　小土粒跑累了，气喘吁吁地问："暴雨，你说带我游山玩水，怎么老在山沟里转？"

　　洪水大声说："快走，你这个小傻瓜，现在由不得你了！"

　　小土粒知道受骗了。他鼻子一酸，眼泪差点儿流了出来。他现在多想妈妈呀！多么想松树爷爷呀！

　　洪水从四面八方汇集在一起，夺路而下。一路上，他拔掉庄稼，推倒小树，冲垮堤堰。洪水裹挟着无数个像小土粒一样天真的孩子，他变得越来越凶狠，不可一世。

　　洪水流进河里，变得更加疯狂了。他看见前面有一个水库，就声嘶力竭地嚷道："小土粒，以后不准再叫我暴雨，要叫我洪水，知道吗？你们只要跟我一起冲垮前边那座大坝，游历世界的理想就实现了。快冲啊！"

　　洪水推着小土粒们，用尽全身力气冲向大坝。水库大坝像一道水上长城，巍峨挺立。

　　洪水进了水库，就像被捆住了手脚，有劲使不出来，在水库里转了一会儿，就无计可施了。小土粒见此情景暗自高兴。

　　洪水的威风被煞住了，但是他不甘心失败。他一阵冷笑，想出一条毒计：我要用这群小土粒把水库填满，让水库报废，让你们知道我洪水的厉害。

小土粒在水库里停了下来，渐渐沉到库底，和许多别的小土粒一起，在库底积了厚厚的一层。小土粒想：这怎么行呢，我得想办法离开这里。他看见大坝下边有个洞，还没等他看清楚，就被一股强大的力量吸了过去，又从大坝的另一面冲了出来。小土粒回头一看，原来是水库的冲沙闸，水库里的泥沙都是从这里冲出来。这样，水库就不会被泥沙堵塞了。

小土粒摆脱了洪水的控制，如今自由了，他想赶快回家去看妈妈，可是怎么走呢？大河边上有一条通向苗圃的水渠，小土粒顺着水渠来到苗圃。忽然，他听见两棵小杨树在谈话，一棵小杨树问："听说咱们就要到北岗去落户了。不知北岗是个什么样的地方？"

小土粒一听说北岗，立刻抢着说："我就是从北岗来的。那里有我的妈妈，有我的兄弟，还有一位松树爷爷，再没别的了，那里很荒凉，我们早就盼望你们去了。我也和你们一起去。"

远处传来汽车声。小杨树说："来人了，小土粒，快到我身边来吧。"

人们把一棵棵小杨树装上了货车，小土粒和那棵小杨树紧紧地搂在一起，坐上了去北岗造林的货车。

北岗从来没有这么热闹过，这么多货车，这么多人，这么多小树苗。土壤妈妈可忙坏了，松树爷爷也兴高采烈地招待客人。说来也巧，和小土粒在一起的那棵小杨树，正好种在松树爷爷身旁。为了不影响妈妈和松树爷爷工作，小土粒没有叫妈妈，也没有喊松树爷爷。

直到夜深人静时，小土粒才从小杨树后面探出头来，兴奋地叫："妈妈！松树爷爷！"

土壤妈妈一把拉过小土粒，紧紧地搂在怀里，心疼地说："我的小宝贝，你可把妈妈急坏了。"

松树爷爷也说："都怪我们没有能力保护你。如今造了林，就再也不会发生这种事了。"

小杨树们看着这场面，恨不得一下子就长大。

冬去春来，又一个夏天到了。小杨树们长高了，枝叶茂盛，形成了一片树林。林间长满青草，开着五颜六色的花朵，招来了无数的蜜蜂、彩蝶，北岗变得美丽、热闹起来。

一天，狂风大作，一声霹雷，暴雨又瓢泼般地冲下来。暴雨一边冲一边喊："小土粒，快跟我游山玩水去！"

土壤妈妈、松树爷爷和小土粒听到这熟悉的声音，都有点儿害怕。

小杨树们正渴得难受，看见暴雨来了，高兴得手舞足蹈。他们信心十足地对小土粒说："不要怕，我们一定能战胜暴雨。"

暴雨看小杨树不把自己当回事，立刻恼羞成怒，用尽全身力气扑向小土粒，可是被小杨树挡住了。暴雨不甘心，打了一个转，又向小土粒冲过去，这次却被小草挡住了。

暴雨用尽了招数，也没抢走小土粒，他就像泄了气的皮球，无计可施了。

小杨树们喝足了雨水，更加郁郁葱葱。他们的根更深、叶更茂，长得更壮了，就像一把大伞，保护着土壤妈妈和小土粒。

知识链接

土壤，地球陆地表面能生长植物的疏松表层，由矿物质、有机质以及水分、空气等组成，在成土母质、生物、地形、气候等自然因素和耕种、施肥、灌排等人为因素综合作用下，不断演变和发展。因此，土壤是一种动态的有发展历史的自然体，是提供植物养分、水分、空气和其他条件的基质，是农业生产的基本资料。在生态学和环境科学上，土壤也是人类生存的重要环境因素。

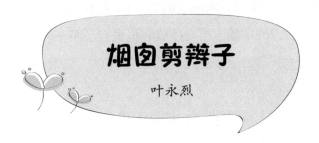

烟囱剪辫子

叶永烈

大热天，太阳火辣辣地照着大地，空气像凝固了似的，树叶纹丝不动，青草根根笔直挺立。

人们多么盼望着来一阵凉风。

风来了！风来了！

风儿吹过黄浦江，平静的江面上卷起了波澜；风儿吹过林荫大道，树叶瑟瑟有声……

风儿吹过发电厂，那大烟囱的黑辫子——煤烟，起先直翘到天上，后来便横着甩过来了，像根黑色的飘带上下飞舞。

风儿吹着、吹着，像把梳子在梳着大烟囱的黑辫子。

梳着、梳着，大烟囱的黑辫子散开来了。

散开来了，散开来了，乌黑的煤烟跟着风儿跑了。

跑着、跑着，风儿带着煤烟，离开发电厂，跑到了毗邻的无线电厂。风儿带着煤烟，穿过窗户，吹进无线电厂的装配车间。

这车间可真漂亮哪！窗户亮堂堂，地板光溜溜，墙壁雪白白。工人阿姨们穿着白色工作服，带着白色帽子，用电烙铁焊接半导体收音机零件。

天气热，加上电烙铁又发热，工人阿姨们真辛苦。一见风儿来了，工人阿姨们可高兴啦。可一看风儿带来了一位不受欢迎的客人——煤烟，她们赶紧把窗户关上，连风儿也被关在窗户外面了。

风儿敲着窗上的玻璃，呼呼叫着："工人阿姨，让我进来呀！"

工人阿姨却说:"我们喜欢你。但是,你带来的煤烟,会弄脏半导体收音机,会影响它们的质量。半导体收音机里有了脏东西,就会有杂音,就不能很好地为人民服务。我们宁可自己热一点,也绝不能让产品质量差一点。"

风儿没办法,只好带着煤烟,越过无线电厂的上空,来到印染厂。印染厂的印染车间敞开着窗子,风儿吹了进去,煤烟也紧跟着风儿跑进车间。

这车间可真好看啊!人们常说"万紫千红总是春""春城无处不飞花",可那五光十色、扬辉耀彩的花布,比春天盛开的百花更鲜艳、更美丽。工人叔叔和工人阿姨穿着工作服,戴着橡皮手套,正在印布机旁认真地工作。

天气热,加上印布机喷出的热气,工人叔叔和工人阿姨真辛苦。一见风儿来了,工人阿姨可高兴啦。可一看风儿带来了一位不受欢迎的客人——煤烟,工人阿姨赶紧把窗子关上,连风儿也被关在窗外。

风儿敲着窗上的玻璃,呼呼地喊着:"工人阿姨,让我进来呀!"

工人阿姨却说:"我们喜欢你。但是,你带来的煤烟,会弄脏漂亮的花布,会影响它的质量。你想想,花布上要是落上一点点黑色的煤烟,印出来的花儿就像被虫子咬成一个个黑洞似的,那怎么行呢?好字当头,质量第一。我们自己热一点不要紧,保证产品质量最要紧。"

风儿这下子可生煤烟的气啦。他几次想撒手丢下这位脏朋友,可这位脏朋友老是跟着他。一直等到风儿跑出几十里,这位脏朋友才算不见了。

大热天,太阳火辣辣地照着大地,空气像凝固了似的,树叶子纹丝不动,青草根根笔直挺立。

人们多么盼望来一阵凉风啊!

风来了!风来了!

风儿吹过黄浦江，平静的江面上卷起了波澜；风儿吹过林荫大道，树叶儿沙沙作响……

风儿吹过发电厂。咦，那大烟囱的黑辫子怎么不见了？

风儿吹到大烟囱时，心里有点担心，生怕再遇上那个不受欢迎的脏朋友。可是大烟囱只冒出淡淡的白烟。

风儿感到非常奇怪：大烟囱几时剪掉黑辫子的？是谁给大烟囱剪掉黑辫子的？这黑辫子是怎么剪掉的？剪下来的黑辫子又到哪里去了？

为了解开这一连串的谜，风儿把头一低，猛地往下钻，钻进了发电厂的大炉间。

大炉间的门外，堆着小山一般的煤块；门里砌着一个巨大的炉子。这里可真热哪，烧炉工人正在炉前挥汗战高温，鼓足干劲夺高产。

风儿问烧炉的工人："大烟囱的黑辫子怎么没了呢？"

"给我们剪掉了！"烧炉工人用毛巾擦了擦汗水，笑着回答道，"为了保持空气清洁、保护人民健康和防止产品受到污染，我们对大烟囱进行了技术革命，自己动手造了个除尘室，除掉了烟囱中的煤烟，剪掉了大烟囱的黑辫子。"

风儿又问："那除尘室是怎么回事呢？"

"你进去看看就明白了。"烧炉工人指了指炉子说。

风儿点点头，趁传送带"哗哗"往炉子里加煤的机会，风儿穿过炉门，跑进大炉中。

炉膛里炉火熊熊，像一片沸腾的火海。煤块见风儿来了，烧得更欢。风儿在炉膛里热得憋不住了，赶快往烟囱里跑。风儿一跑，带起一大片煤烟。风儿见是煤烟跟来了，拼命地想甩掉它，可是，那煤烟竟死死地一直跟着它，怎么甩也甩不掉。

为了甩掉煤烟，风儿加快步伐朝前跑，还没跑到烟囱，冷不防迎面

碰上一堵墙，狠狠地撞了一下，撞得跟跟跄跄，脚步也不由自主地慢了下来。说来也怪，这猛地一撞，却把许多本来左甩右甩也甩不掉的煤烟，一下子甩掉了好多——煤烟沉下去了。

风儿绕过那堵墙，来到一个陌生的房间——过去他到炉子里玩过好多次，从未见过那堵墙，也从未见过这间房。这间房活像个淋浴室，天花板上装了好多莲蓬头，直往下喷冷水，可真凉快哪！这水，为风儿洗尘，又冲掉了不少煤烟。

风儿洗了个淋浴，浑身清清爽爽，心里舒舒坦坦，高兴极了。心里想，这间房，大概就是刚才工人叔叔说的"除尘室"吧。

风儿走出"除尘室"，便进入烟囱。在烟囱里，风儿像坐电梯似的，一点也不费力，就到了十层楼那么高的烟囱口，一下子就从大烟囱里跑了出来。

风儿回头一看，大烟囱只冒着轻纱般的、淡淡的白烟。这下子，风儿明白了，原来，是那堵除尘墙、那间除尘室和那层水帘子，"剪"断了大烟囱的黑辫子。认真地讲，是工人叔叔、阿姨们大搞技术革新，剪掉了大烟囱的黑辫子。

风儿甩掉了讨厌的脏煤烟，一身轻松，一抬腿便从发电厂跑到了旁边的无线电厂。风儿穿过窗户，吹进装配车间。这下子，工人阿姨们可喜欢风儿啦。她们赶紧把电风扇关掉，欢迎这来自大自然的凉风。

"工人阿姨，小坏蛋——煤烟给发电厂的叔叔、阿姨们抓起来了。这一次，你们可别把我关在窗外了，叫我吃'闭门羹'。"风儿高兴地对工人阿姨说。

"风儿啊，你的话只对了一半。"工人阿姨说。

风儿听了一惊："怎么'只对了一半'？是不是等一会儿还要撵我出去？"

"不，不，不会再撵你出去的。"工人阿姨笑着回答道，"你这次没带煤烟来，我们欢迎。可是，你说煤烟是'小坏蛋'，那可不对呀！"

"煤烟还不坏呀？"风儿有点不服气，"煤烟会弄脏墙壁，会弄脏花布，会损害人民健康，还会影响你们生产的半导体收音机的质量……"

"不，不能把煤烟看得一点用处也没有。自然界没有绝对的废物。过去不少东西被当作'废物'，主要是人们对它的性质、用途缺乏全面认识。一旦我们掌握了化害为利、变废为宝的规律，就可以为社会主义建设做更多贡献了。"工人阿姨说，"就拿煤烟来说，半导体收音机里的半导体材料，有许多就是从煤烟里提炼出来的。"

"什么？从煤烟里可以提炼半导体材料？"风儿简直有点不相信自己的耳朵了。

"一点也不错。"工人阿姨说，"半导体收音机里的半导体，是用一种叫作锗的金属做的。在煤烟里，含有不少锗的化合物，因此煤烟成了提炼半导体锗的原料。"

"煤烟是从煤里头来的，干吗不从煤里直接提炼呢？"风儿追根究底地问。

"那是因为煤里头所含锗的化合物不多。可是，在炉子里一烧，这些锗的化合物受热都蒸发了，集中到煤烟里头了。这样一来，按比例来算，煤烟里所含的锗倒比煤里高几百倍。再说，世界上锗矿很少，锗被称为'稀有金属'，于是煤烟便成了很重要的提炼锗的原料。我们都称煤烟是'锗矿石'呢！"工人阿姨十分耐心地给风儿讲解。

"你们生产的半导体收音机里的锗半导体，也是从煤烟中提炼出来的吗？"风儿还是有点将信将疑。

"是从煤烟里提炼出来的。"工人阿姨一边说，一边打开玻璃柜子。还没等工人阿姨拿出来，风儿就钻进柜子里，他看到了一块白花花、银闪闪的金属。

工人阿姨说:"这就是从煤烟里提炼出来的锗。你别看这块锗只有香皂那么大小,但可以做成上千上万个二极管、三极管。"

风儿听了,觉得真是收益不少,知道煤烟居然还有那么重要的用处。为了感谢工人阿姨,风儿在她身边转了三圈,吹走了电烙铁冒出的热气,吹干了工人阿姨脸上的汗水。然后离开了无线电厂,跑进了印染厂的印染车间。

这一次,印染工人也非常热情地欢迎风儿。

"这一回,我没带煤烟来,你们再不会把我关在窗外了吧?"风儿说。

"不会,不会。有你这来自大自然的凉风吹吹,又省电,又凉快。"工人们都说,"现在我们不仅欢迎你来,我们还把煤烟也请来了呢!"

"怎么?你们也喜欢煤烟?"风儿又感到惊讶。

"可喜欢煤烟啦,就像喜欢你一样。"工人阿姨说,"不过,我们不喜欢无组织、无纪律、让你带着乱飞乱跑的煤烟,我们喜欢组织起来、很守纪律的煤烟。"

"煤烟还能组织起来?煤烟还会守纪律?"风儿问。

"能!你刚才在发电厂不是看到煤烟被工人叔叔抓住了吗?只要在这些煤烟里掺上水,拌点黄泥,就能把它们组织起来,做成煤渣砖。因为煤烟和煤渣一样,也含有许多没烧完的煤。严格地讲,煤烟中含有的煤比煤渣还多好几倍呢。"工人阿姨一边说,一边指了指旁边的锅炉,"本来是用煤把锅炉里的水烧开,现在用煤烟做的煤渣砖烧锅炉,节约了不少煤。"

"我刚才从无线电厂里来,他们正在用煤烟做原料提炼半导体,现在你们又用煤烟做煤渣砖,这么一来,发电厂的大烟囱'抓'住的煤烟够用吗?"风儿又问。

"我们用的煤烟,不是从发电厂那个大烟囱里取来的。"工人阿姨笑着回答道,"现在,各工厂都在大搞技术革新,变'三废'(废气、废水、废渣,合称'三废')为'三宝',每个工厂的烟囱都要剪掉黑辫子,这剪下来的黑辫子——煤烟可多了。你可以到炉子间去看看,那里正在一边烧煤渣砖,一边用煤烟做煤渣砖呢。"

风儿顺着工人阿姨指点的方向,穿过走廊来到炉子间。

炉子间可真热闹:有的在用水、黄泥拌煤烟,有的开机器做煤渣砖,有的往锅炉里添煤渣砖,有的把烧过的煤渣砖往门口搬。

风儿又来到门口。呵,门口车水马龙,汽车一辆接一辆,那几辆写着"钢铁厂""水泥厂""化工厂"的卡车,装满着掺了水、湿漉漉的煤烟,一望便知是给印染厂送煤烟来了。那辆写着"红星公社"的卡车,正在装烧过的煤渣砖,准备运去盖房子。

风儿看着,看着,不禁自言自语道:"大烟囱剪掉了黑辫子,既清洁了空气,防止了大气污染,又为国家增添了财富。工人叔叔、工人阿姨真了不起!"

风儿从印染厂里跑出来,可真高兴。它跑向别的工厂,跑向工人新村,跑向人民公社,跑向海上渔船。

凉风习习,清风徐徐。风儿每到一处都受到人们的欢迎,风儿也把大烟囱剪掉黑辫子的消息告诉了祖国各地的人们。

知识链接

煤烟型大气污染,以煤炭为能源所形成的大气污染,是大气污染的主要来源之一。其多由固定源产生。主要污染物为颗粒物、二氧化硫和氧化氮等。对人群健康和生态环境构成重大威胁。改变能源结构、大力推广应用除尘装置和脱硫装置,能有效控制煤烟型大气污染。

环保的发电方式

高 峰

以色列科学家表示,他们已经找到一种利用汽车运动让街道和公路发电的方式。

这项技术的奥秘在于路面下铺设了一种特殊的材料——微型压电晶体,这种压电晶体在受到挤压变形时会产生少量电量(相当于将等量的正负电荷分离,出现了电压),而当成千上万个压电晶体被植入公路表面时,公路便可产生巨大的电能。

在一次实验中,研究人员让一辆货车驶过道路,铺设在路面下的发电设备便开始工作,产生的电流成功地把灯泡点亮了。这种发电系统的具体发电能力取决于路面上通行车辆的数量、重量和行驶速度。理想情况下,每公里路段每小时的发电量可达400度,足以供应800户人家的日常用电需求。

由于这项发电技术不产生任何额外污染,且植入沥青内的压电晶体的使用寿命一般可达30年,路面改造成本也不是很高,因而开发前景广阔。近年来,许多国家开始关注并研究类似技术。

美国科学家曾在都灵火车站进行了一项实验,他们制造了一个发电机原型,利用人的脚步移动发电。他们表示,一定数量的人的脚步移动足以产生牵引一辆火车的电量。

全世界第一家通过跳舞发电的迪厅在荷兰鹿特丹开业。在这家名为"瓦特俱乐部"的迪厅,舞池中大约三分之一的用电是跳舞的宾客们自己制造的。

  2009年7月10日,坐落在伦敦繁华的国王十字大街的生态环保夜总会开张。最具创新的是它有一个会发电的舞池。当年轻男女在舞池中尽情挥洒青春时,地板可以将人们随音乐舞动而产生的能量通过地板下面的弹簧和一系列发电装置转化成电能储存在充电电池中,据说采用这套装置,理想情况下可以解决夜总会60%的电力需求,舞迷们在狂欢之余也为环保"踩"出了积极的贡献。

  日本的音力发电公司也开发出一种"发电地板"。在2008年圣诞节前夕,研究人员在东京涉谷火车站的人行道上铺设了四块地嵌板。当行人从上面走过时,嵌板就可以进行发电,据测定,平均每个人从45平方厘米的地板上走过两次就可以产生0.5瓦·秒的电能。同时旁边还有显示产生电能的电子屏。音力发电公司还打算把震动发电技术应用到日常生活中。比如他们正在与一家著名的运动服装制造商共同研制一种内置震动发电机的"发电鞋"。人们穿上"发电鞋"走路时,顺便还能给随身携带的音乐播放器和手机充电。

知识链接

  电,实物的一种属性。古代就已观察到"摩擦起电"现象,并认识到电有正负两种,同种相斥、异种相吸。当时因不明了电的本质,认为电是附着在物体上的,因而把它称为"电荷",并把显示出这种斥力或吸力的物体称为"带电体"。现代科学指出:物体内部固有地存在着电子和质子这两种带有基本电荷的粒子,正是各物体带电过程的内在依据。一切物体都由大量原子构成,而原子则由带正电的原子核和带负电的电子组成。

屋顶绿化亟待推广

北京的金

被钢筋水泥包围的城市会造成城市板结。城市板结会产生一些弊端。一是气温较高,二是污染较重,三是噪音大。为此,研究人员和城市管理部门一直在探索如何利用城市的建筑群进行绿化,例如利用城市建筑的屋顶栽种植物。

如何利用城市屋顶

有的人认为,可以把城市屋顶涂色,以达到避光避热和装饰城市的效果,而另一些人则积极倡导利用屋顶来栽种植物,以扩大城市的绿化面积。在国内城市中,这两种做法都有。

北京市则要求凡有条件应在屋顶进行绿化。不过,屋顶绿化涉及建筑物的承重和渗漏。那么,屋顶绿化是否可行呢?

现在,一些国家的实践证明,屋顶绿化是解决城市化进程中城市板结难题的重要措施,也可以解决因城市板结而产生的热岛效应、空气污染、城市内涝等难题。在城市的屋顶上植草种花并非是现代人的发明,早在4 000年前,古代苏美尔人在乌尔城所建的大庙塔的塔顶上建造了花园。不过,真正的屋顶花园当数2 000多年前的巴比伦空中花园。尽管修建屋顶花园的主要目的是满足当时统治者的奢侈生活,但是能改善城市生态环境。

城市屋顶绿化的益处

今天，寻常百姓家的屋顶绿化正在成为改善城市环境的重要力量。姑且不论屋顶花园和草地对建筑物和城市的其他贡献，仅从以下几个方面来看就可以大力推广和普及。

一是可以改善城市景色，优化、美化环境，达到把城市"染成"绿色的目的。

二是减少城市热岛效应，节省能源。研究表明，建筑物顶层温度最高可达78℃，如果屋顶只经过简易绿化（种草），那么夏季顶层温度就会减少到29℃～30℃，与未绿化的相差几十度。加拿大国家研究中心进行屋顶绿化节能测试的数据显示，有屋顶绿化的房屋空调耗能节约了70%。

三是改善城市空气质量。因为屋顶的植被可吸收空气中的污染物，所以减少了大气中的悬浮颗粒。北京市园林科学研究所的研究发现，屋顶花园释氧、吸碳、滞尘、纳天然降水的总价值是55.07元/米^2；屋顶简式草坪为13.38元/米^2。仅以长期滞尘量而言，屋顶花园达12.3克/米^2，平均滞尘率为31.13%；屋顶简式草坪达8.5克/米^2，平均滞尘率为21.53%。

四是节省水资源，减少或杜绝城市内涝。有专业人员认为，内涝是由诸多因素造成的。城市屋顶绿化既可以起到很好的截流和储存雨水的作用，又可降低雨水流速，防止城市一到雨季就内涝成灾。研究表明，屋顶简式草坪既可以截流和储存50%以上的雨水，也可以控制暴雨雨水流量的70%～100%。

当然，城市屋顶绿化还可以改善生态系统。例如，屋顶上的植被为许多昆虫如蝶类、蛾类等，提供了良好的生存环境，也为鸟类提供了食物来源。

在技术方面，城市屋顶绿化已经有了可靠的技术保证，既能防止屋

顶渗漏，又能防止建筑物的坍塌。例如，北京市2005年颁布了《北京屋顶绿化规范》、2006年颁布了《种植屋面防水施工技术规程》，国家住房和城乡建设部2007年也发布了行业标准《种植屋面工程技术规范》。

安全和技术保障

如果按照这些标准来进行城市屋顶绿化，在防水和荷载上都不会有问题。就荷载而言，可以将屋顶分为两种。一是不可上人屋顶，可承重150千克/米^2；二是可上人屋顶，可承重300千克/米^2。前者可建简单的屋顶草坪，种植一些植物，如一般的杂草和佛手草等；后者可建屋顶花园，既可种草也可栽花，甚至种植一些灌木。

现在，无论是公共建筑还是私人房屋，业主最缺的是资金和技术辅导。这造成了中国屋顶绿化远远落后于世界先进国家。例如，德国现在的城市屋顶绿化已达到50%。

城市环境生态学的研究人员认为，城市建筑的屋顶绿化率为50%以上时，就可以防止城市内涝；70%以上时，城市的空气就会湿润而洁净。北京市在2008年就要求该市的高层建筑中的30%要进行屋顶绿化，低层建筑中的60%要进行屋顶绿化。如果全国的城市都进行屋顶绿化，那么解决城市板结就有希望，城市也会成为人类宜居的地方。

知识链接

绿地覆盖面，亦称"绿化覆盖率"。各类园林绿地上植物的垂直投影面积与统计范围内的总用地面积的百分率。反映绿地的现状及其绿化效果。与绿化面积是两个不同的概念，一般不作直接对比，以免出现绿地越小，绿地覆盖率增长数越高的错觉，而掩盖了绿地面积不足的矛盾。

土丘中的"巨"物

王 蜀

一大早,柳老师便将小小侠客和小飞人叫了去。他的床上放着一张蚯蚓生殖结构的图。小小侠客和小飞人都很纳闷,不知柳老师葫芦里卖的是什么药。

"你们知道生物之父达尔文的最后一篇论文是关于什么吗?"柳老师很严肃地问道。

小小侠客和小飞人茫然地摇摇头。

"我告诉你们,武夷山上有数不清的蚯蚓,它们对武夷山植物的生长、土壤的改造,起到了十分关键的作用。离开武夷山之前你们必须完成一项任务:写一篇关于蚯蚓的习性与环境保护的小论文。这也是达尔文最后一篇论文所言及的内容。这是达尔文在创立进化论之外,又一重要的发现。你们有信心写好吗?"

"敢情柳老师把我们当成小达尔文了。"

小小侠客的心里嘀咕起来。

一旁的皮哈哈听得云里雾里的:"这地球上的人还这么的麻烦,还要写啥子论文?麻不麻烦啊!"皮哈哈觉得这个话题太不好玩了,他真想逃离这里。

看出了皮哈哈的心事儿,小飞人趁柳老师不注意,在皮哈哈的头上拍了一下。这突然的一击,让皮哈哈大叫起来:"哎呀,疼死我了。"

看到皮哈哈全身泛起了红晕的狼狈样子,小小侠客和柳老师都笑了

起来。

皮哈哈一边叫着,一边向着不远处的人群跑去。他又发现了一个有趣的事儿。

不过,小飞人对柳老师说的这类事儿很感兴趣。在一次有关环保问题的调研活动中,小飞人就有过不少高论,比赛中还得了个一等奖,小小侠客认为,这任务得让小飞人多担当些。

"小飞人,文章你来写,其他的事我多干点,行吗?"我一向就烦写作文,更别说论文了。听小小侠客如此说,小飞人爽快地答应了。

他们喊上小猫子,背着镐头上路了。此时的皮哈哈已跑得无影无踪。

黄岗山顶的草甸子里,松松软软的小土丘,一个挨着一个,大的竟然有面盆般大。小猫子说这是蚯蚓的粪便,学名叫"蚓蝼",这么大的蚓蝼还是令小小侠客和小飞人惊讶不已。

可以想象得到,土丘里的蚯蚓是个"巨"物。

在家时,小小侠客时常与父亲到山上去挖蚯蚓做鱼饵,家乡的蚯蚓最大的也不过面条般粗,那蚓蝼很难找到。

小猫子一镐子下去,竟然挖出了手指般粗的大蚯蚓。小小侠客和小飞人都不敢捉,小猫子像在捉鱼似的将它放在手心上。

"据一位生物学家考证,武夷山的蚯蚓是过去没有发现的新品种。这黄岗山顶上少说也有几万只,听我爸说,日本有家造纸厂采取饲养蚯蚓的方式来处理纸浆残渣,还真管用,一年就把买蚯蚓的钱赚回来了。"

小猫子的话很有启发性,小小侠客想到了垃圾处理问题,忙拿出瓶子将几条蚯蚓装了进去。

一堆一堆像小山丘似的蚓蝼深深地印在了小小侠客和小飞人的脑海里,如果将这种蚯蚓引养到全国各地去,那么肯定能帮人类解决头痛的一个问题——城市垃圾。解决了这个问题,环境也就会得到很大程度的改善。不是有人称它们是"地下卫士"吗！

小小侠客和小飞人兴奋的小脸上渗出了细细的小汗珠。

泥土，是这种软绵绵生物的主食。

"武夷山的土质含有丰富的营养。蚯蚓吃进去的污泥中所含的有机物，在通过它的肠道时，便能分解成各种营养，除供自身需要外，拉的粪便就是经过改良的土壤，即蚓蝼。蚓蝼含有丰富的磷、钾等元素，能增强土壤的保水性和透气性。"小猫子一边挖蚯蚓，一边喋喋不休地说道。

为了证实小猫子所言的科学性，小小侠客和小飞人做起了实验。

在宿营地前那块空地上，他们做了一个长方形的木筐，将捉回的蚯蚓放进了筐内的土壤里，开始观察起这貌不惊人的小家伙。

蚯蚓十分有趣，它基本上是头朝下倒立着吃食。它们每天吃的食物重量相当于其体重，其中一半作为粪粒，撅尾巴排出洞外，形成蚓蝼。他们对蚓蝼进行了化验，结果正像小猫子所言，含有一定量的磷、钾元素。了解了这些情况后，小飞人将已掌握的知识写成了一篇论文，主要讨论了如何引进武夷山蚯蚓消灭城市垃圾的问题。这篇浸透着辛勤汗水的论文，内容丰富，科学性强。它将在小小侠客俱乐部的《小小侠客奇妙探险快报》的头版头条登出。可惜的是，这回没有了皮哈哈的镜头。一想到皮哈哈失望的表情，小飞人就开心地"咿呀咿呀"地哼了起来。

风"呼呼"地吹了起来，树枝上的枯叶儿摇摇欲坠着。天很快就暗了下来，小飞人这才想起皮哈哈还没回来。

"皮哈哈，你在哪？"

声音在空旷的山林里回响着……

知识链接

蚓茧,亦称"卵袋""卵茧"。蚯蚓容纳受精卵,用以完成胚胎发育的一种结构。由环带分泌的黏液形成,呈椭圆形,内含1~3个受精卵。受精卵在蚓茧内发育成小蚯蚓。

神奇的建筑：建在大海上的房屋

高育红

到马尔代夫旅游不能不住那里的"水上屋"。如果说马尔代夫1 000多个岛屿犹如颗颗钻石镶嵌在碧蓝的大海上，那么"水上屋"就是这颗颗钻石上的名片。它们既在述说着马尔代夫美丽的昨天，也在展示着马尔代夫美丽的今天。

作为马尔代夫海边的特色建筑，"水上屋"最初只是岛上居民的住所。随着旅游业的发展，现在岛上的居民已经搬进了现代化的高楼大厦，而把风情浓郁的"水上屋"留给了来自世界各地的观光者。

由于"水上屋"直接建在蔚蓝透明的海水之上，因而住在其中，不仅能饱览海里五彩斑斓的热带鱼、鲜艳夺目的珊瑚礁，还能欣赏岸边的沙滩、椰树和茅草屋……

"水上屋"距离海岸大约10米，凭借一座座木桥连接到岸边。有的"水上屋"更为浪漫，没有木桥连接，而是靠船摆渡过去。

"水上屋"屋顶用的材料，是马尔代夫随处可见的棕榈叶。由于棕榈叶含有大量的胶质且非常柔韧，因而用它做屋顶，除了阴凉和舒适，还具有耐盐、耐碱、抗风、防水、防虫、防霉烂、不易燃烧等特点。当地人建房前，先将棕榈叶采摘下来，晒干，然后用它苫成厚厚的草帘，一层一层地铺在屋顶上。铺好后，为防止棕榈叶被风吹掉，还要用结实的细绳在屋顶上绑上几道。

"水上屋"外观漂亮，内部装饰也很有特点。先说卧室，"水上屋"

室内的装修一般都用木头。有的卧室三面都是玻璃墙，使客人有一种漂浮在大海上的感觉。在房间睡觉你绝对不用担心海浪会吵醒你，这里的房间密封效果很好，基本上听不到外边的声音。当然，如果有的游客想要伴着海浪入眠，可以开窗睡。还有许多"水上屋"为了让游客在房间里也可看到水底景物，专门在屋内地板上装一玻璃，这样，游客足不出户便可观赏到海里千奇百怪的热带鱼。

由于游客在住宿期间所产生的污物不能排放到海里，因此，这里的卫生间多采用智能、环保及人性化设计，废物、废水都有专门的回收设备，以保证"水上屋"不向大海里排泄任何污物。为节约用水，有的"水上屋"卫生间安装的还是节水装置，能自动收集洗澡水和净手水，通过添加节水专用制剂达到循环利用的目的。多数"水上屋"为迎合时尚，卫生间的门窗专门设计成可以滑动的，使游客无论是洗澡还是如厕，都可打开滑门或滑窗来看大海。

露台是"水上屋"又一亮点，一般面积都很大，放几把躺椅，或是一张水上吊床，使游客无论是在清晨还是在晚上，既可欣赏到绚丽、纯净的海上日出，又能在满天繁星下，任思绪飞扬，沉醉在天堂般的幻境之中。

"水上屋"无疑是上帝赐给马尔代夫的最好礼物。但"水上屋"只是马尔代夫众多特色建筑中的一种，为了接待不同消费群体，那里还有水上别墅、沙滩屋、沙滩别墅等特色建筑。这些建筑除了室内大小和装饰豪华有别外，外观与"水上屋"差不了多少。如何选择，就要看个人的消费能力了。

知识链接

马尔代夫，南亚岛国，在印度西南岸外的印度洋中。由19组珊瑚环礁、约2 000个小岛组成，其中仅210个岛有居民。面积298万平方千米。官方语言为迪维希语。伊斯兰教是其国教。各岛地势低平，平均海拔仅1.2米。种植香蕉、菠萝、木瓜、甘蔗、椰子、柑橘等水果。

第三辑
人与自然的奥秘

人与自然的关系会关系到人类前途和命运。探寻人与自然的关系是人类可持续发展和科学发展理论研究的较高层次。科学发展观为正确理解和处理人与自然的关系提供了新的世界观和方法论原则。它坚持"以人为本",为理解和处理人与自然的关系提供了一个新视角;它强调"和谐发展",为理解和处理人与自然的关系开辟了一个新境界;它要求"全面发展",为理解和处理人与自然的关系提供了一个新维度。

人类要着眼现在,放眼未来,倡导并树立一种人与自然和谐相处的观念。

人类保护协会

[匈牙利] 刁辽克

有一次,野兽们决议要成立"人类保护协会"。因为几乎各国都有了动物保护协会,而野兽们至今仍无动于衷,所以甚感过意不去。

"好心该得好报嘛,"狼煞有介事地说,"我们也应当有所表示。"

老虎欣然赞同道:"你说得对。趁热打铁,说干就干,让大家瞧瞧,我们同人一样,也有心肝哩。"

于是,他们派几位代表去晋见狮子,向他陈述事情的原委,说大伙儿满腔热忱要成立一个协会,现在只待他开金口了。

狮子表示同意,摇头晃脑地说道:"诸位意见很好,我亲爱的同胞们,应当行动起来嘛!"

为此,特召开了盛大集会,全体野生动物和驯良的家禽家畜都参加了大会,其中有美洲豹、非洲鬣狗、岩羚羊、大象、狐狸、狼、麂、狗、兔子……会场设在海边的一个悬崖脚下,鱼群待在浅底,鸟儿蹲在树梢上。总之,大伙儿都到了,连生病的都赶来啦。直到最后一分钟,一只倒霉的猫咪才上气不接下气地奔了过来。不知谁在他的尾巴上系了个空鞋油罐子,这可把他气疯了。他是一只年高德劭的猫,可羞耻心和肉体的痛苦使他丧失了理智:那罐子拖在尾巴上,一路上发出叮叮当当的响声。

也就是说,飞禽走兽都到齐了,要开会了。大伙儿一致推举狮子担任主席。

狮子昂首阔步走上主席台,威风凛凛地向四周一打量,然后戴上眼

镜,掏出秘书长颈鹿给他准备好的演讲稿:

"亲爱的公民们!我忠实的臣民们!"他老人家刚一开口,下面就一片喧嚷:"我们在听,我们洗耳恭听呢!……"那只疯癫的猫咪不断地晃着罐子,他旁边的狗火了,使劲地把他往边上一搡。狮子继续讲话:"我们今天到这里来,是为了成立人类保护协会。大家都知道,为了保护动物,也就是为了保护我们,人类已建立了无数个专门组织。我呢,我顺理成章地认为:既然人类有动物保护协会,我们也应当有人类保护协会。我很高兴,你们都同意我的意见!"

狼和老虎面面相觑,一声不吭。

"我忠实的臣民们,"狮子接着说,激动得声音都颤抖了,"人类为动物做了多少好事啊。就拿鸽子来说吧,人们在教堂门口请鸽子享用可口的小面包,还喜欢让鸽子站在他们的肩膀上拍照。大家想想,对于像鸽子这样无足轻重的鸟儿,这是多大的荣耀。冬天,当大雪覆盖森林、鸟类无处觅食的时候,人们就在森林里为鸟类挂起饲料篮。我想,下面这件事大家总该知道的:前不久,几只燕子从迁徙的大军中掉队了,心地慈悲的人们竟用飞机把这些冻得半死的鸟儿,运载到非洲最暖和的一个地方去了……"

听众中发出一片唏嘘。一只灰白的老燕子"嘤嘤"啜泣了。狮子擦了擦眼镜继续演讲:"诸位也都知道,许多人并不太富有,却愿意慷慨地把钱花在狗和猫的身上。哦,人类的心肠是何等慈善呀!再想想我们自己:我们将留下什么样的名声?不,我的兄弟姐妹们,我们要跟时代的步伐保持一致,我们要在自己的旗帜上写上'爱人类'的神圣誓言。我的朋友们,四条腿的、长羽毛的、水里游的——我所有的朋友们!我们面临着重大的使命:为了保护人类,前进!"

"前进!保护人类!"四足动物呀、鱼类呀、飞禽呀,都兴奋地喧腾

蟋蟀的唱歌与交尾

起来了。

"下面我们讨论行动计划,"狮子边说边看面前的一份文件,"谁有什么建议?我们必须研究一下,怎样保护人类!"

会场上一片沉寂。

"提呀!"大象、美洲豹和鹿互相催促道,"随便什么,总得说几句呀!"

"说啥呢?"一头小鹿唧唧哝哝地说,"我从来没欺负过一个人。"

"小鹿想发言,是吧?"狮子用雷鸣般的声音问,"说吧!"

这头羞怯的牝鹿窘得都不知道自己是妞儿还是小子了。

"尊敬的先生们!"他喃喃地开口道,"我不知道说啥好……我从来没欺负过人。说实在的,我怕人,哪怕闻到远处有人的气息,我也会拔腿跑掉。说真的,我长这么大只见过一次人,那是在我忠厚老实的、亲爱的哥哥被杀害的时候。"

"一点不假,"他的亲戚和岩羚羊在一旁做证道,"它从来没欺负过人,我们也不欺负人。"

"不欺负人,不欺负人,"大象粗声粗气地说,"鹿儿,你是个傻妞儿呀。我比你厉害多了,也从来没得罪过人。有谁听说过大象进城伤害人吗?可人却携带各种精巧的家伙来捕捉我们。我们在万不得已的情况下,才进行自卫。但只要有可能,我们还是逃之夭夭。"

"我有啥说的?"兔子一边说一边对大象拳打脚踢,"对付你可真不容易哩!"

"你们至少还能溜之大吉,"一头母牛"哞哞"叫开了,"可我有啥法子?他们把我关在栏圈里,喝我的奶,而后……而后不说你们也明白了。"

"我呢?"猪哼道。

"我呢?"马嘶了。

"我们呢？我们呢？"母鸡呀、鹅呀、鸭呀，都哭鼻子啦。"我，我呢？"狗汪汪叫道，"人们心血来潮就给我一顿揍，可我连吭都不敢吭一声。"

"我呢？"金丝鸟苦着脸向大家诉说，"人类把我关在笼子里，还硬要我唱歌！"

松鼠和鹦鹉一边哭一边说：

"我们，我们，我们……"

"再看看我吧，"气疯了的猫咪痛哭流涕道。那罐子在他尾巴上又发出一阵叮当声。"我是个孤苦伶仃的帮工，我到哪儿去安身呢？"

"都给我安静些！"狮子大吼一声，摇了摇铃铛，"我们不是来开诉苦会的，而是为了研究解决怎样保护人类！"

"谁侵害人类了？"野兽们又喧嚣起来了，"我们又没有触动他们一根毫毛，是他们向我们进攻的。"

"人用我们的毛皮做大氅！"狐狸、狼、熊、貂、银鼠和其他毛皮蓬松的走兽都怒气冲冲地嚷开了。

"用我们的皮子做手提包呢！"鳄鱼代表说完，直叹气。

"常言道，乌鸦不啄乌鸦的眼睛。"一只乌鸦"叽叽喳喳"地说："象不杀象，斑马不杀斑马，可人却自相残杀，甚至还自杀哩！"

"说得对呀，"袋鼠叫道，"人是好事会做，坏事也能干的。"

"这方面就别扯喽！"盛怒的狮子喝阻道，"要知道，我平素也不轻易伤害人。今天谈的不是这方面问题嘛。协会算成立啦！想法是好的喽，现在请大家讨论一下：怎样保护人类？使用什么手段保护他们，使他们免于伤害？"

"免于你的伤害！"昏头昏脑的猫咪叫道，"你们也自相残杀哩。"

"嘘……"一些马屁精连忙劝阻道，"主席先生听了要生气的！"

"生他的气好了。我不怕，我说的是实话！"

蟋蟀的唱歌与交尾

狮子想把这个疯子赶出会场,但疯猫一溜烟蹿上了树,在树上又示威地发出一阵呜噜声。会场上一片混乱。狮子抓起铃铛直摇。最后大伙儿认为,野兽实在无法使人免于人的伤害,也无权干涉人的事务。那么,还有什么事情可做呢?啥也没有,他们空忙了一场。

"我沉痛地通告诸位,"狮子昂起脑袋说道,"我只好宣布解散'人类保护协会',因为我们在这个问题上实在没有办法达成共识。人类应当自己动手保护自身安全。"

"呜啦……"飞禽走兽发出震耳欲聋的呐喊声。他们已经习惯这样做了:狮子有话出口,他们就应当高呼"呜啦"。这当儿,老虎呀、大象呀、鹿呀、母牛呀、美洲豹呀……都向四面八方跑开了;四条腿的、长羽毛的、水里游的,又在各自的世界活动开了。那只疯癫的猫咪越跑越远,只有身后拖的罐子还传来隐约叮当声。

知识链接

物种灭绝,在长期进化过程中所形成的、具有不同遗传学性状特征的生物品种因天然和人为因素逐渐消失的过程。有地域性和全球性之分。有的物种由于自然原因而灭绝,如恐龙、三叶虫等。当前的物种灭绝主要是人类活动引起的,如对森林的滥砍滥伐,对动物的滥捕滥猎,滥用农药,严重的大气及水体污染等导致生物赖以生存的自然生态环境的严重破坏。物种灭绝是生物基因库的巨大损失,直接影响人类生产、生活和生态平衡,故物种保护成为全球性的紧迫任务。

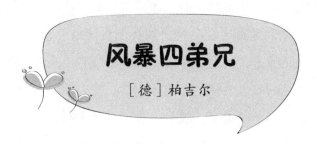

风暴四弟兄

[德] 柏吉尔

风暴四弟兄是指沙暴、飓风、旋风和雪暴。弟兄四人通常都是整年不见面的。他们各自东来西去，跑遍世界上每个地方，虐扰人类。但是在一年中的某一天，他们要举行一次家庭会议，这时候空气平静，连树上最小的叶子也一动不动。在这个特别的日子里，风暴四弟兄常常聚集在伊朗的得马温得峰里，这座山峰离海面大约有几千米。在这座深深的山峰中，有一个巨大的洞穴。

这一天，四弟兄聚集在这个洞穴里，互相寒暄后，老大哥雪暴说话了："你们都知道，在元旦这一天，我作为大哥，得向气候之神报告我们已了的和未了的工作。可是我们的名声都不太好，我已料到我们将要受到各方的责难，所以，得请你们把自己的错误向我汇报一下，好让我心里有个底！"

四弟兄蹲在洞的中央，最小的弟弟沙暴先来讲他的故事。他说："有一天，我躺在卡瓦尔绿洲中的莫谷顿山上睡觉，山下是广阔的沙漠。太阳无情地照下来，草都晒焦了，蛇和鳄鱼张大了嘴巴，狮子热得从草原里逃出来。我还远远地看见一连串黑色的斑点，在酷热的沙地里蠕动着。一是因为好奇心驱使我去看个究竟；二是因为干旱和酷热已经持续了好几个星期，什么东西都焦躁异常。我想用我的大翅膀在空气里掀起一点'风浪'，好从海面上带去一点湿气甚至一场大雨。于是，我向远处蠕动的一连串斑点飞去。我的翅膀扇起了巨量的沙尘，所有的动物都钻进洞

里去了。当我跑近那一连串斑点时,才看清原来是一队运货的商人,赶着十几峰骆驼。他们远远地看见我,就扑倒在沙地上,骆驼挤成一团。我在他们的上面呼啸着,向地中海沿岸奔去,没有工夫理会他们。要是我早知道我这火热的气息会使他们遍体焦灼,掩在他们身上的细沙会掩埋他们,我就会从别条路走了。晚上,月亮升起来时,我在返回的路上看到碰见商队的地方成了一个飘动的沙丘,在这沙丘下面偶然可以看见一条骆驼的腿,或一张青色的人脸。"沙暴说到这里,默默地不再出声。

雪暴大哥捋着他冰冻的胡髭说:"沙漠中不知有多少人畜被你这酷热的气息烤死,也不知有多少人畜被你活埋在炽热的沙土里,被太阳晒成白骨。"

沙暴无奈地点点头。性急的飓风接着说话了。

"在我的国土里,有大树林、大原野、大城市,还有海洋。要是我的风吹得轻一点,雨下得少一点,那就要酿成荒年。要是我一直下雨,使劲吹风,再加上闪电打雷,那也不对,田野里的庄稼也会受到严重的损害,农人会立即跑到教堂,向上帝祷告。真叫我为难啊。比如今年春天,我因为与山神玩,所以误了去欧洲的时机。那时整个欧洲正是百花齐放的季节,可是没有一丝风来为它们传播花粉,好让它们秋天多结果子。花园里和田野里也干得差不多要起龟裂了。我想起后,便动身快步赶往那里。我把从海岸边、湖河里带来的水蒸气变成雨水洒向大地。村民们从嘴里拔出了烟斗,郑重地对我点点头说:'下得正好!还要下大些!'可市镇里的几个漂亮的姑娘骂我淋坏了她们的绣花裙和新草帽。谁能够使人类满足呢?这时我生气了,把所有的雨水都放开,下了一场大暴雨。酒店的老板气得脸色发青,没有人来喝他的啤酒和吃他的羊肉串了。但是马车夫和补伞匠快活地说:'你尽管下,你下得越大,我们的钱包就越鼓。'你说,谁能够使人类满足呢?我越发生气了。可这一下,我闯了

大祸，我没有注意到海面上的情形，也没有注意到从瑞典开往英国的货船'北极星'号已经行近礁岩了。当我看见它的灯光时，已经晚了。一个巨浪把它猛摔在礁岩上，船被撕开了，没有一个人爬上岩石，我可怜他们，可我没有办法去救他们。"

大哥雪暴的表情非常严肃。飓风辩护道："因为我的眼睛望着半个欧洲和整个北海，另外我也无法使我巨大的力量在顷刻之间就平静下来。人类呀，你也应该自己小心一点才好啊！"

"人类是固执而无礼的东西！"这时旋风接过了飓风弟弟的话题，"不值得为人类可惜，弄翻了一艘船有什么大不了的，我曾经把人类的整个屋子带到了空中，把一列火车推下了山谷。我对人类的创造物是毫不顾惜的，人类他们自己懂得自爱吗？我给你们讲讲'加尔维斯敦旋风'的故事，那才叫痛快！人类有学问的人曾经为我的这种行为写了一册厚厚的书，'加尔维斯敦旋风'就是他们给取的名。

"加尔维斯敦是美国沿墨西哥湾海岸的一个大市镇。刚进市镇，几头牛驾着一辆车子向我走来，我把这些牛和车全举到空中，我一路玩着，捣毁了所有的商店，来到了广场。那里立着一根巨大的铁柱，上面装着电灯，想是用来照亮广场的。我使出最大的力气想把它拔起，抛到空中去，不想这铁柱深深地埋在地下，并且是用螺旋钉钉在厚重的石板上。它不愿意跟我同去，于是我伸出气柱，把铁柱扭了六次，把它扭成了一个巨大的螺旋锥。这个世界上第一大的螺旋锥至今还矗立在那里。人们把它留作我到过那里的一个纪念品，称为'丛柱'。尔后我一直跑到了海里，将停泊在那里的许多船送到了永远沉寂的世界。之后，我才想起来要休息一会儿。"

风暴弟兄都肃静无声，还是雪暴大哥责问道：

"你没有讲起，你这次行为还断送了五千多条人命哩。"

蟋蟀的唱歌与交尾

"哎哟,这是真的吗?我可从没有想到过。不过人类在战争的时候,常是一死几百万人。我的目的并不在于杀人。我只是把地面上的秽气扫除干净,把害虫病菌消灭精光,我想这算是替人类尽了点义务吧?大哥,你喜欢评价别人,那为何不把你自己的故事也讲出来让大家评价评价呢!"

一句话勾起了雪暴多少伤心往事。"我把世界披上了一层银装,"雪暴说,"只要一个通宵,大艺术家'秋'用魔笔所绘成的灰色图画,全变成了黑白画。我的天性虽然爱好和平,但总免不了伤害人畜和农作物。因此有人竟叫我'白色的死神'。

"在十一月的某一天,天气非常寒冷。我展开翅膀,天空顿时阴暗起来,虽是白天,各个地方的人都把电灯打开了。我摇了摇我灰色的斗篷,就降下大雪。据当地的老人说,这样的大雪是他们生平从来不曾经历过的。只有一刻钟光景,世界已全变了样子。无论是步行还是乘车都不可能了,街上的一切活动都停止了,非常沉寂。屋子给掩埋了。重厚的积雪压断了电线,巨大的雪球从斜坡上滚下来,一直滚到坡下,火车的前后左右都冻结在雪的海洋里。我又把海上的帆船改装成一个怪物。我用大量的雪花遮蔽着它们的帆篷、桅杆、帆桁、指挥塔和索具。渐渐地,这些雪花结成了冰。这样,它们就无法东飘西荡,像蝴蝶掉落在蜜罐里一样。

"不过我的年纪大了,几小时后就疲乏地躺在哈得逊湾的边境了。太阳穿过云层,把冰雪慢慢地消融了,麻木的生命也慢慢地苏醒了。"雪暴的话说完了。

"诸位兄弟,"飓风说,"我们大家都做着不得不做的分内事情。鸽子的柔顺原本出于天性,而虎豹的凶猛也是如此呀。"

沙暴和旋风都同意他的话。"得马温得峰山洞里的会议就此宣告结束,"雪暴说,"大家可以各自回去做自己的事。至于各位的行动,我一

定会向气候之神做如实的报告。现在我们就暂时分别,待明年举行家族会议时再见吧!"

风暴弟兄一齐立起身来。他们各自展开了翅膀,起程回家了。

知识链接

飓风,风力等于或大于12级的风,破坏力极大。在中国古籍中,明代以前将台风称为"飓风",明代以后按风情不同,有台风和飓风之分。清代王士禛《香祖笔记》:"飓常骤发,台则有渐;飓或瞬发倏止,台则常连日夜或数日而止。"故将台风以外的大风称为"飓风"。

长江源：一年365天中竟有350天的风雪

刘先平

乍见黄教授，那副温厚儒雅，使你难以想到他是三江源的探险者。他谈起三江源的种种神奇，在书本中是难以找到的：

"巴颜喀拉山北麓有座各姿各雅山，海拔4 800米，山下有口泉眼；泉水漫溢，形成大片沼泽；沼泽沮水细流，形成大河。这就是黄河的最初水流。也有一说是三口泉眼。

"在昆仑山和唐古拉山的深处，那里有40多座海拔在6 000米以上的大雪山，有几百条浩荡的冰川，冰塔瑰丽，冰舌晶莹。其中海拔6 621米的各拉丹冬峰的溶水，形成了沱沱河——长江的源头。据气象资料显示，沱沱河沿边多年平均降雪期从8月16日开始，直到第二年的8月1日才结束，长达350天。一年365天中只有15天是无雪的天气。那真是一个冰雪的童话世界。比南北极的降雪期还要长，是第三极地的奇观。

"大风也是特点之一。沱沱河沿边每年有100多天刮8级以上的大风，飞沙走石，遮天盖日，更有沙暴滚滚。

"这样极端恶劣的环境却是野生动物的王国。成群的藏羚羊、野驴、黄羊，围着我们的帐篷转。在野外考察时，常能和棕熊不期而遇。

"沱沱河渔产丰富，用盒都可捞到鱼。

"你无法不感叹生命的壮美、生命的顽强、生命的伟大！

"但在短短的十几年时间里,那里的生态有了巨大的变化!10年之间,气温上升了0.8摄氏度,地下冻土溶解层加深,地下水位下降,尤其是过度放牧,使植被严重退化。那里原只有几户人家,猛然之间增加到几百户。脆弱的生态承载不了重荷。沱沱河的水每年减少,现在只有20世纪七八十年代的三分之一流量了。

"非法采金的、采水晶的,对植被的破坏是毁灭性的。

"偷猎藏羚羊的事件屡屡发生,他们有良好的装备,常常是一次要猎杀几百只藏羚羊!"

黄教授低沉的语调,犹如沉雷,震撼着我们心灵。后来,我们在青藏高原每迈一步,都想起黄教授那低沉的语调。直到今天,仍如警钟时时在心头响起,激励着我们为保护地球而奋斗。

知识链接

藏羚,亦称"藏羚羊"。哺乳纲,偶蹄目,牛科。体长约1.2米;尾短而尖,长约23厘米。雄羚有角,角长而侧扁,其形笔直,侧面远望,颇似一角,故亦称"一角兽";角乌黑发亮,近基部有横棱。蹄甚尖。背毛厚密,浅红棕色;腹部白色;四肢浅灰白色。栖息在海拔4 000~5 000米的高原地带,常结群活动。胆小,常隐于岩洞中。分布于中国青藏高原。为国家一级保护动物。

阿拉伯世界的独特风情

高 峰

等级森严的左右手

世界上不同民族吃饭的方式各不相同。从传统上说，东方人用筷子，西方人用刀叉，而地处东西方交汇处的阿拉伯人则用手抓饭吃。阿拉伯人吃饭很有特色，通常是席地而坐，将面包掰成小片或是将米饭撮成小团，用右手的几个手指捏住送进口中，即使是带有汤汁的菜肴，他们也都能全部吃下去。实际上，用手直接抓着进食也不能算是阿拉伯人独享的"专利"，全世界用手抓着吃饭的有好几亿人口，其居住的范围能从北部非洲一直延伸到南亚次大陆。

按照阿拉伯人的生活习俗，他们的右手是干净的，故吃饭时必须用右手将食物直接送进口里，而不能用左手，因为在他们的传统观念中，左手是不洁的，所以只能用来辅佐右手撕扯食物。即使是平时干活，阿拉伯人也是更多地使用右手。

为什么在阿拉伯人的观念中左手是不洁的呢？原来，阿拉伯人如厕出恭后从来不用卫生纸揩净，而一概是用左手拌着清水冲洗干净。据当地的医生介绍，阿拉伯人的痔疮发病率极低，应该说与他们的这一习惯有着很大的关系。

在接人待物方面，阿拉伯人的左右手也是有别的。譬如递东西给他人，他们必须要用右手，否则就是极大的不恭敬，而在别人看来也是相当不礼貌的。同样的，阿拉伯人在接别人递过来的东西时，也要使用右手，即使是右手正在忙碌着，也要赶紧腾出右手接过来。

阿拉伯数字与阿拉伯人数字

提起国际上通用的阿拉伯数字，人们自然而然地就会联想到，它一定是由阿拉伯人首创且被阿拉伯民族一直沿用。然而事实大相径庭，阿拉伯人有着他们自己独特的一套数字，此阿拉伯数字并非彼阿拉伯数字。我们权且将阿拉伯人使用的数字以"阿拉伯人数字"来代之，以示区别。

为了同正规的阿拉伯数字区别和方便记忆，阿拉伯人在实际工作和生活中逐渐摸索出了一套行之有效的记忆口诀：1还是1，2拐一道弯，3拐两道弯，4是反写的3，5就是0，6就是7，7上8下，9还是9，0是一个点。

同阿拉伯数字一样，"阿拉伯人数字"结构严谨，表述清楚，照样能从一数到十、百、千、万乃至无限。《古兰经》里的数字就是"阿拉伯人数字"，阿拉伯人的记数、算术等也都是用它来表达的。值得一提的是，阿拉伯语的书写顺序是自右向左横行的，而"阿拉伯人数字"则是反其道而行之，是我们习惯的从左至右书写顺序。因此，我们在看阿拉伯人写的东西时，往往要"左顾右盼"，才能得其要领。

有时候，阿拉伯人在计算较繁的数据时会感到颇不自在，便索性弃用阿拉伯数字，而改用"阿拉伯人数字"。在这过程中，他们的表情往往会由原先的紧缩眉头，转而逐渐舒展开来，最后是扬扬得意，其情景真有些使人忍俊不禁。

阿拉伯长袍

在阿拉伯国家里，人们的装束可以说是相对简单的，男人大多是身

着白袍，女人则是黑袍裹身，特别是在沙特阿拉伯，满大街皆是男白女黑的世界。

阿拉伯人喜欢肉食、甜食，每日也离不开浓浓的糖奶茶，加上他们普遍不太愿意活动，睡觉的时间较多，故他们的体形大多是较为肥胖的。于是，穿着上下一般粗、直筒式的阿拉伯长袍，能很好地遮盖他们的肥硕体形，且能极大地方便他们的行动。此外，由于大多数阿拉伯国家都地处高温沙漠地带，因而宽松的阿拉伯长袍不仅能迅速散热，还能有效地抵御漫天袭来的沙尘暴。难怪不止一位朋友这样说过，在炎热的阿拉伯国家里，穿着阿拉伯长袍是最明智的选择。

人们或许认为阿拉伯男人穿着的白色长袍都是千篇一律的。实际上，他们的长袍是各不相同的。每个国家都有自己特定的款式和尺码。以通常称为"冈都拉"的男袍来说，就有十几种款式，诸如沙特款、苏丹款、科威特款、卡塔尔款、阿联酋款等，更有从中衍生出来的摩洛哥款、阿富汗套装，等等。这主要是根据各个国家的人的体形以及喜好而定的，如苏丹人普遍高大肥胖，故苏丹款的长袍极为宽松肥大。

至于阿拉伯妇女穿着的黑色长袍，款式就更加多得难以计数了。同男式长袍一样，各国也都有其独特的款式和尺码，其中沙特款最为保守。天生爱美的阿拉伯妇女虽不能随意展露玉体，也不宜身穿鲜亮的外衣，但无人能阻止她们在其黑色长袍上绣上黑色的暗花或艳丽的明花（这要视国情而定），更无法拦住她们在黑色长袍里面穿上漂亮的衣裙。起初，我们认为这种称为"阿巴娅"的黑色女长袍款式简单，制作容易，肯定也贵不到哪里去。但后来与行家交流，才知道由于面料、修饰、做工、包装等不同，价格差别甚大，远远超出我们的想象。在迪拜的高档妇女服饰商店中，黑色女袍价格不菲，每件价格竟然高达数百乃至上千美元。

知识链接

阿拉伯语,属非亚语系闪语族。是埃及、苏丹、利比亚、吉布提、阿尔及利亚、毛里塔尼亚、沙特阿拉伯、也门、科威特、阿曼、以色列、巴林、卡塔尔、伊拉克、叙利亚、约旦、摩洛哥、突尼斯、阿拉伯联合酋长国、黎巴嫩等国家和地区的国语或官方语言。联合国工作语言之一。其是伊斯兰教的宗教语言,分八大方言,以埃及方言影响最大。文字采用阿拉伯字母。阿拉伯语拥有丰富的文献。

男性确实比女性聪明吗

方舟子

国内报纸曾报道了一条消息，加拿大西安大略大学的心理学家约翰·菲利普·拉什顿公布了一项据称让"男性高兴而女性愤怒"的研究结论：男性确实比女性聪明，男性的智商比女性高出3.63个百分点。

国内的读者可能对这个人不熟悉。他时不时公布一些让某某人高兴而某某人愤怒的"科学研究结论"。他最著名的研究"结论"是亚洲人的脑容量最大、智商最高，白人其次，黑人最低，这也许会让某些虚荣的人沾沾自喜。

拉什顿似乎很热衷于为一些社会偏见提供"科学依据"，因此我们不难理解，为何他在西方会被视为种族主义者，而他也的确在领导一个美国种族主义机构——先锋基金会，他的研究经费都是这个基金会提供的。在许多西方学者眼中，拉什顿更像一个不择手段地炒作自己的小丑。他会把自己的论文印成小册子，主动寄给北美各大学的心理学、人类学、社会学教授，正如一个美国大学教授所评论的："这是一种个人和政治宣传。他的研究没有任何科学依据。"

的确，他的研究经不起推敲。他所谓的研究成果就是对前人的测量数据进行统计，并做有倾向性的加工，选择有利于自己结论的数据，舍弃不利的数据。

这一次，国内的报道说拉什顿选取10万名年龄在17岁至18岁的男女学生作为测试对象，测试内容主要包括几个方面，如快速掌握复杂概念的能

力、口头回答问题能力和创造力等。其实真实情况并非如此。拉什顿只是对这些学生的"学习评估考试"成绩做了统计而已。但是,众所周知,一个人的考试成绩并不足以反映他的智力,还与他的教育状况、心理状态等其他因素密切相关。一个人的智商高低也不完全是天生的,还要受到多种后天因素的影响,例如营养、家庭、教育状况等都能影响一个人的智商。

因为没法排除后天因素的影响,所以即便男生的考试成绩高于女生,也不能证明男性天生就比女性聪明。在男女地位还未能得到完全平等、性别歧视依旧存在的社会中,这种影响是不能低估的。心理学家发现,甚至在婴儿时期,人们就已经在对男婴和女婴区别对待了,塑造着他们的不同社会角色。这不仅表现在穿着打扮上,还表现在人们有意无意地对他们的行为做出的不同反应。比如,男婴索要玩具枪,会受到家长或保姆的鼓励,但是索要布娃娃,则不容易得到。女婴受到的对待则相反。他们很快就会明白自己该要什么。

然而,拉什顿试图根据这样的证据解释一种社会现象,即"玻璃天花板"现象:大部分女性在公司企业或机关团体中晋升到某一职位后,便很难继续升职,很少有女性达到最高层职位。他认为这与女性智商有关。但是在得出这个结论之前,他没有设法排除女性受到歧视或女性缺少机会这些环境因素的影响。一个众所周知的事实是:即使在最为开放的国家,对女性的歧视依然存在,甚至科学界都难以避免这一现象。最近有一名做了变性手术的美国大学教授撰文说,在由女人变成男人之后,他的学术成果更受重视,得到的评价更高,人们对他更为尊敬。

我们并不是说男女先天各个方面都相同。男女在生理上有别,如果在智力上也出现了某些差异,那么并不是怎么令人奇怪的事。的确,有研究发现男女的智力可能在某些方面存在差异,例如女性的语言能力可能更强,男性的抽象思维能力可能更强。对大脑扫描的结果表示男女大

脑的功能区分布上存在差别。但是在总体上并未发现哪个性别的智力更高。问题的复杂性在于，即便男女智力的确存在差异，甚至男女的大脑结构存在差异，也无法排除后天的因素。因为大脑是个可塑性极强的器官，所以他们的大脑深受后天环境的影响。

有学者为拉什顿辩护说，如果拉什顿的研究对象不是人而是其他物种，例如麻雀内部存在的先天差异，没有人会在意。如果有关麻雀先天差异的研究是有误的，那么只是个纯粹的学术问题，不会对人类社会产生影响。而对人的研究就不同了，错误的结论有可能导致灾难性的后果。拉什顿显然是迫不及待地在为"玻璃天花板"这种现象寻找"科学依据"。

科学研究是为了发掘客观事实，其结论不一定要"政治上正确"。但是不正确的结论，在公布时一定要慎重，起码要能经得起推敲，以免以讹传讹。而媒体在报道这类成果时，要多一点负责任的态度，不要为了猎奇招徕读者，从而成为种族主义者、性别歧视者的工具。

知识链接

性别差异主要指男女两性在生理和心理方面的不同，尤其是心理差异。一般来说，女性言语能力强于男性，男性空间、算术推理能力强于女性；男性攻击性、支配性、冒险性较强，女性较顺从、易受别人影响、富于同情心。然而，男女两性在智商上是否有区别，目前没有令人信服的科学证据。

通过训练可以增强记忆力

薛贤荣

许多伟人都采用训练增强自己的记忆力。马克思从少年时代开始，坚持不断地用一种自己不太熟悉的外语去背诵诗歌，有意识地增强记忆力。列夫·托尔斯泰也是采用背诵的方式来增强记忆力的。他说："背诵是记忆力的体操。"每天早晨，他要求自己强记一些单词或其他方面的东西，以增强记忆力。宋代词人李清照采用与丈夫比赛竞猜某典故出自某书的方式，来增强记忆力。

那么，一般人也可以通过训练增强记忆力吗？据意大利《晚邮报》报道，意大利一所大学中的3名教授进行了这样的一项实验：他们挑选了一位记忆力一般的青年学生，让他每星期用3～5天，每天1小时，背诵由三四个数字组成的数字训练。每次训练前，他如果能一字不差地背诵之前一次所记的数字，那么就再增加一组数字。经过20个月的训练，起初他能熟记7个数，后来增加到80个互不相关的数，而且每次练习时几乎能记住80%的新数字。

可见，记忆力通过训练的确可以提高。

专门研究记忆力训练方法的美国学者布鲁诺·弗斯特说："要具备一个可靠的记忆力，必须每天花费一刻钟到半个小时的时间，做一套有计划的脑力练习，复杂的或简单的均可，只要能迫使你去动脑筋。"

下面给大家介绍几种行之有效的记忆力训练方法：

1. 注意力集中。记忆时只要聚精会神、专心致志，排除杂念和外界

干扰，大脑皮层就会留下深刻的记忆痕迹且不容易遗忘。如果精神涣散，一心二用，那么就会大大降低记忆效率。

2. 兴趣浓厚。如果对学习材料、知识对象索然无味，那么就是花再多时间，也难以记住。因此，培养浓厚兴趣非常重要。

3. 理解记忆。理解是记忆的基础。只有理解的东西才能记得牢、记得久。仅靠死记硬背，则不容易记得住。对于重要的学习内容，如果能做到理解和背诵相结合，那么记忆效果会更好。

4. 反复学习。就是在能记住学习材料的基础上，多记几遍，达到熟记、牢记的程度。

5. 及时复习。遗忘的速度是先快后慢。对刚学过的知识，要趁热打铁，及时温习巩固。及时复习是强化记忆痕迹、防止遗忘的有效手段。

6. 经常回忆。学习时，不断尝试着回忆，这样可使记忆中有错误的得到纠正，遗漏的得到弥补，使难点记得更牢。闲暇时经常回忆过去识记的对象，也能避免遗忘。

7. 视听结合。在利用语言功能的同时，可以利用视觉、听觉器官的功能来强化记忆，提高记忆效率。这比单一默读效果好得多。

8. 多种手段。根据情况，灵活运用分类记忆、图表记忆、缩短记忆及编提纲、做笔记、卡片等记忆方法，这些均能增强记忆力。

9. 最佳时间。一般来说，上午9～11时、下午3～4时、晚上7～10时，为最佳记忆时间。利用上述时间记忆难记的学习材料，效果较好。

10. 科学用脑。在保证营养、休息、锻炼等基础上，科学用脑，防止过度疲劳，保持积极乐观的心态，能大大提高大脑的工作效率。这是提高记忆力的关键。

此外还有两点需要注意：一是要多吃一些有益于增强记忆和健脑的食品，如蛋黄、大豆、瘦肉、牛奶、鱼、动物内脏、胡萝卜、谷类等；

二是定期做一做记忆保健操。做记忆保健操的具体方法是：在头颈后部找到"天柱""风池"二穴，将两手交叉于脑后，用拇指的指腹腔按压这两个穴位，每次按压5秒钟，然后将拇指移开，按压5～10次后，会感到头脑清醒。因此，一般来说，科学的训练是能增强记忆力的。

知识链接

记忆术，主要是指促进记忆效果的方法和技巧。大体上可以分为两类：第一类是通过语言组织的记忆术，主要是指利用言语的音韵和节律来帮助记忆的方法，如乘法口诀和珠算口诀等。第二类是通过视觉表象联系的记忆术，指利用环境中事物的视觉形象与待记事物结合起来的记忆方法。研究记忆术的目的是促使学习者对材料进行主动、积极的组织加工，以便达到较好的记忆效果。

身高的烦恼

方舟子

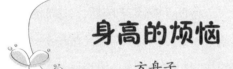

1915年，美国导演格里菲斯拍摄了世界电影史上第一部史诗性巨片《一个国家的诞生》。这是一部反映美国南北战争的电影。为了真实地重现历史，格里菲斯按原尺寸重建了南北战争时期的历史建筑。他甚至想让演员们直接穿当时遗留下来的服装，结果发现事隔50多年，美国人变得高大健壮，已穿不下父辈们的衣服，只好依样新做。

19世纪中期，美国人是世界上平均身高最高的人，但是当时美国军人（白种男人）的平均身高也只有1.71米。而现在，美国白种男人的平均身高1.79米，几乎增高了10厘米。世界各国也都出现了类似的身高增长趋势。在历史上，日本人以矮小著称，以致被蔑称为"倭"。但是现在17岁的日本男人的平均身高已达1.71米，甚至超过了中国男人的平均身高。根据2002年的调查，17岁的中国城市男人的平均身高是1.70米，农村男人的平均身高是1.66米，而这又分别比1992年的调查高了大约3厘米。

身高的这种增长趋势，与营养的改善有关。身高迅速增长的时期首先是新生儿和婴儿时期（0～2岁），其次是青春期早期（女孩11～12岁、男孩13～14岁）。因此这两个时期的营养状况对身高至关重要。但是一个人的身高也受遗传因素的影响，父母比较高的，其子女往往也比较高。那么先天的遗传因素和后天的环境因素对身高的影响哪个更大呢？我们可以通过统计亲属（特别是孪生子）的身高来计算出遗传因素所占的比重。如果一个人群中，所有的人都能获得生长所需的足够营养，那么影响身高的主要因素是遗传。否则，遗传因素的影响就会下降。例如中国男人的身高65%受遗传因素影响，中国女人的身高则60%受遗传因素影响。中国成年男子的平均身高是1.70米（中国成年女子的平均身高是1.60米），对一个1.80米的中国男子来说，他多出来的10厘米中有6.5厘米得益于遗传因素，3.5厘米归功于环境因素。

假定一个身高1.75米的中国男子和一个身高1.65米的中国女子结婚，如果生的是男孩，我们可以预测遗传因素会让他比平均身高高出0.65×[（175-170）+（165-160）]/2=3.25厘米；如果生的是女孩的话，则是0.6×[（175-170）+（165-160）]/2=3厘米。环境因素有可能会让男孩再高出0.35×[（175-170）+（165-160）]/2=1.75厘米，女孩高出0.4×[（175-170）+（165-160）]/2=2厘米。当然这只是平均值，实际情形会有所差异。如果加强营养，那么他们有可能长得比父母高。影响身高的重要的营养素首先是蛋白质，其次是钙等矿物质和维生素D、维生素A。

一个人的高矮主要取决于其下肢的长短，而下肢的长短又取决于长骨（股骨、胫骨和腓骨）的长短。在长骨的骨干和骨骺（骨两端膨大部分）之间，有一段透明的软骨，叫作"骺板"，又叫作"生长板"——骨就是靠它生长的。骺板由软骨细胞组成，这些软骨细胞不断地在增殖，新生成的软骨细胞向前往骨骺方向堆积，把老细胞向后往骨干推去。老细胞降解掉了，残余的部分被成骨细胞骨化，变成了骨，于是骨就长一点。到青春期结束时，骺板软骨细胞不再增殖，剩下的软骨逐渐被骨取代，只留下了一条细细的骺线，人也不再长高了。一般来说，女性在15~16岁，男性在18~20岁时停止生长。在那以后，不管采取什么手段（除了手术），一般都不可能再增高。

在骺线闭合之前，其他因素还能影响到身高。首先是足够的营养，其次是锻炼和睡眠，因为高强度的锻炼和充足的睡眠能增加体内生长激素的

含量,而生长激素能够控制骨细胞的增殖。但是并没有什么保健品、药物、器械能够有助于增高。市场上所有的"增高产品"基本上是骗人的。例如,有不少保健品公司在推销"生长激素口服制剂",声称它能够终止或逆转衰老过程。但是生长激素是一种蛋白质,会被肠胃消化掉,口服无效,必须通过注射才能起作用,而且非常昂贵。生长激素缺乏症患者可通过注射生长激素进行治疗,但是健康的人通过注射生长激素来抗衰老并没有可靠的临床证据,副作用倒有一大堆:软组织水肿、关节痛、腕管综合征……

如果骺线已经闭合,那么就没有办法再增高了。女性可以通过穿高跟鞋来弥补个子矮的遗憾,市场上也有所谓内增高的男式鞋,如通过鞋垫来增高。有些男明星就是用这种被戏称为"汗马宝靴"的增高鞋来拔高自己身高的。增高鞋往往是高帮、与身材不匀称的超大码鞋子,但也有中帮的。除了增高鞋,还有增高鞋垫、增高袜,号称是隐形的,有的能拔高10厘米。从上下半身的比例、站立和走路姿势,我们是可以猜出某位明星用了某种方式来拔高自己。与其煞费苦心地拔高自己,或购买各种没用的"增高产品",还不如正确对待高矮,消除对身材矮小的歧视。毕竟,有很多伟人都是矮个子。

知 识 链 接

遗传性状是指生物体世代相传的一切形态特征、生理特征、代谢类型和行为本能等,是支配这些性状的基因与一定的环境条件相互作用的结果。其可分为两大类:(1)质的性状,受单个基因支配,一般呈现不连续变异;(2)数量性状,受多个基因支配,呈现连续变异。环境因素不影响个体生殖细胞中的基因组而使个体表现出的性状,称"获得性状",如日光把皮肤晒黑等。这个性状不遗传给后代,故为非遗传性状。

第四辑
科学家的故事

在人类历史的长河中，涌现出了许多灿烂耀眼的科学家，他们就像夜空中闪闪发亮的星星，照耀着人类前进的步伐。

虽然科学家们生活的年代、环境、文化不一样，但是在通往成功道路上所付出的努力是相同的。科学家们辛勤的汗水、不屈的精神、坚定的信念以及伟大的人格，是他们人生的基石、成功的基础，也是留给后人享用不尽的精神财富。

每一位科学家成功的背后，都有一些鲜为人知的故事。阅读他们的故事，可以让我们走近科学家，了解科学家是如何探索真理的，从而更好地规划我们的人生。

现在，就让我们走进这些故事，领略科学家们的伟大人格吧！

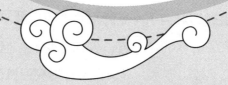

郦道元：写《水经注》的著名地理学家

薛艳

郦道元（约470～527），北魏范阳涿县（今河北涿州）人，字善长，北魏著名的地理学家、散文家。他自幼聪慧，好学博览。幼时他曾随父亲到山东，后又游历秦岭、淮河以北和长城以南广大地区，其间，考察河道沟渠，搜集有关的风土民情、历史故事、神话传说，著成地理巨著《水经注》（40卷），为我国古代的地理科学做出了重大的贡献。另著《本志》13篇及《七聘》等文，但已失传。527年，郦道元在奉命赴任关右大使的路上，被雍州刺史萧宝夤派人杀害。

郦道元在少年时代，就对地理有浓厚的兴趣。十几岁时，他随父亲到山东，经常与朋友一起到有山水的地方游览，观察水流的情景。后来，他在山西、河南、河北做官，经常乘工作之便，进行实地考察。

每到一地，郦道元都尽力搜集与当地有关的地理著作和地图，并根据图籍提供的情况，考察各地河流干道和支流的分布情况，用心勘察水流地势，了解沿岸地貌、土壤、气候，人民的生产生活，地域的变迁等。他发现地理书《水经》对大小河流的来龙去脉记载不够准确，有的因时代更替、城邑兴衰，有些河流改道，名称也变了，但书上未加以补充或说明。于是，郦道元跋山涉水，寻访古迹，追溯河流的源头；走访乡老，收集民间歌谣、谚语、传说，然后把自己的见闻详细地记录下来。日积月累，他掌握了许多有关各地地理情况的原始资料。于是，郦道元决心动手写一部关于地理方面的书，以此来反映当时的地理面貌和历史变迁的情况。

郦道元以《水经》一书为蓝本，采取了为《水经》作注的形式来著书，因此取书名为《水经注》。《水经》一书记载的河流仅137条，1万多字。郦道元在《水经注》中记载了1 252条河流，共计40卷，约30万字。书中主要记述了各条河流的发源与流向，流经地区的地理状况和人文状况。同时，书中也记载了火山、温泉等方面内容。

《水经注》是6世纪前中国最全面而系统的综合性地理著作，对研究我国古代历史和地理具有重要的参考价值。由于《水经注》在中国科学文化发展史上具有重要价值，因而，历代许多学者专门对它进行研究，形成了一门"郦学"。

德国地理学家、地质学家，曾任柏林大学校长、国际地理联合会会长李希霍芬（1833～1905）称郦道元的《水经注》是"世界地理学的先导"；东南亚有学者认为郦道元是"中世纪世界上最伟大的地理学家"；毛泽东说："《水经注》作者也是一位了不起的人。"

喻皓：建造斜塔的建筑学家

薛 艳

喻皓，我国历史上著名的建筑学家。他生活在五代末、北宋初，是浙江省杭州人。他是一位出身卑微的建筑工匠。喻皓当过都料匠，即掌管设计、施工的木工，在木结构建筑的建造技术方面积累了丰富的经验，尤其擅长建筑多层的宝塔和楼阁，曾主持建成有名的八角十三层开宝寺木塔（已毁）。宋代欧阳修在《归田录》中曾称赞他为"国朝以来木工一人而已"。

宋朝初年，宋太宗想在京城汴梁建造开宝寺木塔。于是，他从全国各地抽调了一批能工巧匠。喻皓也在其中，并且受命主持这项工程。

为了建好这座塔，喻皓事先造了一个模型。塔身是八角十三层，各层截面积由下到上逐渐缩小。当时有一位名叫郭忠恕的画家，说这个模型逐层收缩的比例不大妥当。听了郭忠恕的意见，喻皓对模型的尺寸进行了认真研究和修改，然后才破土动工。在许多工匠的辛勤努力下，989年，雄伟壮丽的八角十三层琉璃宝塔建成了，这就是有名的开宝寺木塔，是当地几座塔中最高的一座。

可是塔建成以后，人们发现塔身微微向西北方向倾斜。许多人不理解，问喻皓是怎么回事。喻皓解释说："京师地平无山，又多刮西北风，让塔身稍向西北倾斜，为的是抵抗风力，估计不要100年的时间就能被风吹正。"原来喻皓是特意这样设计的，他考虑到了周围环境以及气候对建筑物的影响。对于高层木结构的建筑来说，风力是一个不可忽视的因素。在当时条件下，喻皓能够做出这样细致周密的设计，是一项很了不起的创造。果然，10多年过去了，塔身在慢慢变直。斜塔变直的事很快传为美谈。可惜的是，这样一座建筑艺术的精品，在一次火灾中被烧毁，没有能够保存下来。

北宋初年，吴越王派人在杭州梵天寺建造了一座方形的木塔。当这座塔建好两三层的时候，吴越王登上去，感到塔身有些摇晃，便问是什么原因。主持施工的工匠回答："因为塔上还没有铺瓦，上面太轻，所以有些摇晃。"可是等塔建成铺上瓦后，人们登上去时，塔身还是摇摇晃晃。这个工匠一时没有办法，生怕被吴越王责备，后来听说喻皓对建造木塔很有研究，便前去请教。喻皓笑着说："这个问题很容易解决，只要每层都铺上木板，用钉子钉牢就行了。"那个工匠照这个办法去做了，果然塔身稳定了，人走上去不再摇晃了。原来，当各层都钉上木板以后，整个木塔就成了一个整体。人走在木板上，压力分散，并且各个面同时受力，互相支持，塔身自然就稳定了。喻皓虽然没有亲临现场，但是能准确地指出问题的关键，说明他的技术高超，实践经验丰富。

喻皓能取得这样高的造诣与他刻苦钻研、谦虚学习的精神是分不开的。当时京城里有一座相国寺，是唐朝时建造的，其门楼的卷檐造得非常精巧。喻皓每次经过门楼，都要仰起头，仔细观察，并研究它的造法。为了弄清卷檐的奥秘，喻皓有时坐下来，有时躺在地上进行观察和研究。

另外，喻皓还把历代工匠和自己的经验编著成书，在晚年写成《木经》(3卷)。《木经》的问世不仅提高了当时建筑的建造技术，而且对后来建筑的建造技术的发展产生了很大的影响。遗憾的是，《木经》后来失传了。

冯如：中国第一个飞行家

薛 艳

冯如（1883～1912），又名自如，号鼎三，广东省恩平人，是我国第一个飞机设计师、制造者和飞行家。他成功制造了第一架中国人自己的飞机，比莱特兄弟制造的世界上第一架飞机仅晚6年，被尊为"中国首创飞行大家"。

冯如出身于一个贫农家庭。小时候，他经常和小伙伴一起制作小玩意儿，比如用火柴盒做小轮船、用泥捏螺旋桨等，尤其喜欢制作风筝和车等玩具。冯如喜欢听神话故事，尤其是飞天故事。12岁时，冯如随亲戚漂洋过海到美国西部城市旧金山谋生，目睹了美国先进工业，认为国家富强必须依靠工业，要改变中国贫穷落后的面貌非学习机械、发展工业不可。6年后，冯如到纽约攻读机器制造专业。他学习非常刻苦，为弄明白一个问题，经常钻研到深夜。为了交学费，冯如利用课余的时间打工。冯如十年如一日的艰苦学习，终于掌握了机械学和电学方面的知识。他发明了抽水机和打桩机，在22岁那年，还制造出了发报机，成为当时一位小有名气的机器制造家。

1903年，美国莱特兄弟制造了第一架飞机。这启发了冯如，他决定自己制造飞机。1904年，日俄战争爆发，看到帝国主义侵占中国领土，残害中国同胞，冯如气愤极了。他下决心，一定要把飞机制造出来保卫祖国，并发誓说："要是造不成飞机，宁愿去死。"

研制飞机，首先遇到的困难是缺乏资金。他到当地华侨中去募集资金,最后募集到1 000多美元。1907年9月,冯如租了一间厂房,和助手们开始了研制工作。当时莱特兄弟制造的飞机刚刚起飞没多久,为了保住垄断地位,他们把所有资料都封锁起来。冯如只能靠自己掌握的空气动力学的知识,设计、绘制图纸。他们起早贪黑,攻克了一个又一个技术上的难关。经过半年的努力,他们终于制造出第一架飞机。但是第一次试飞失败。飞机坠落在地上,所幸人没有受伤。冯如若无其事地从残损的飞机中钻了出来,对助手们说:"看来我们还要再从头开始。"祸不单行,他们的厂房被一场大火烧为灰烬。冯如毫不动摇,坚定地对助手们说:"还是那句话,要是造不成飞机,宁愿去死。"此时,他接到了父母寄来的家书,他们希望冯如能够回国团聚。离家多年的冯如,虽然也思念父母,但还是毅然地留下来了。他说:"造不成飞机,誓不回国!"

经过周密的计算,冯如重新设计了零件制作图,精心生产出机翼、方向舵、螺旋桨、内燃机等部件,经过组装,一架全新的飞机诞生了!冯如再次驾机试飞,在他的操作下,飞机腾空而起,飞行了约792米后缓缓降落在草坪上。旧金山的报纸以《中国人的航空技术超过西方》为标题报道了这次试飞的消息,西方人震惊了。飞机从设计到试飞成功,仅用了14个月的时间。冯如以他卓绝的才能、丰富的创造力,为中国人赢得了荣誉。冯如的成就,极大地鼓舞了正在遭受西方列强奴役的中国人民。

1910年,冯如在美国又制造了一种性能更好的飞机。他成为举世公认的飞机设计师、制造家和飞行家。想聘用冯如的外国公司越来越多了,但是都被他断然回绝了。1911年2月,冯如和他的助手带着他们自制的两架飞机以及制造飞机的机器,踏上了归国的航程。1911年,辛亥革命爆发了,冯如参加了革命。后来,被孙中山任命为广东革命军飞行队长。

为了唤起人民对航空事业的重视,经广东革命军政府批准,冯如于

1912年8月25日在广州郊区燕塘操场做飞行表演。飞行前，他向观众详细介绍了飞机的性能和在国防、交通上的作用，然后，飞机飞上了天空。但是，意外发生了，在冯如移动操纵杆，继续上升的时候，因用力过猛，飞机失去了平衡，在抖动中，部分零件损坏，飞机坠落下来，冯如身受重伤，因抢救无效而牺牲，年仅29岁。

竺可桢：中国气象事业的开拓者

薛艳

竺可桢（1890~1974），字藕舫，浙江省绍兴人。早年留美，获得哈佛大学博士学位。曾担任东南大学、南开大学等校教授，后担任浙江大学校长，中国科学院院士，被公认为我国气象、地理学界的"一代宗师"。1963年，他出版《物候学》一书，这本书为中国农业发展做出了重要贡献。晚年，他又发表了《中国近五千年来气候变迁的初步研究》，在学界引起了轰动。

竺可桢从青少年起，就确立了"科学救国"的志向。留学回国后，他看到中国没有自己的气象站，气象预报和资料竟由各国列强控制。于是，在抗战爆发前的十余年间，他靠着水滴石穿的毅力，在全国建立了40多个气象站和100多个雨量观测站。

在科学研究中，竺可桢一丝不苟，事事躬亲。抗战期间，浙江大学几次迁移。虽条件极其艰苦，但每到一地，竺可桢总不忘收集资料，继续科学研究。他严谨的学风，深受广大学者推崇。学生们都知道，竺校长随身总带着四件宝：照相机、高度表、气温表和罗盘。他71岁时，还参加了南水北调考察队，登上了海拔4 000多米的阿坝高原，下到险峻的雅砻江峡谷。

竺可桢担任浙江大学校长之前，担心大学校长职务会耽误自己的科学研究，有些犹豫不决。他的夫人和二姐认为，当时的大学教育问题很多，风气不正，若竺可桢任校长，正好可以整顿教育、转变学风。经过再三考虑，竺

可桢决定接任浙江大学校长职务。他在担任浙江大学校长期间，主要做了两件事情：一是改革学校管理，二是吸纳贤才。竺可桢为浙江大学制订的校训是"求是"，将浙江大学精神概括为"诚"和"勤"两个字，认为科学精神就是"只问是非，不计利害"。当时时局动荡，但是竺可桢坚持学术独立、教育独立，力排政治干扰，为浙江大学营造了相对安定的学术、教育氛围。

有人认为"他的人品一如他老家绍兴的白墙黑瓦，一派日月山川般的磊落明静"。教授费巩，极有才子气，一度对竺可桢不满，开教务会时，当面冷嘲热讽："我们的竺校长是学气象的，只会看天，不会看人。"竺可桢却微笑不语。后来，竺可桢不顾"只有党员才能担任训导处长"的规定，认定费巩"资格极好，于学问、道德、才能为学生钦仰而能教课"，请费巩做训导处长。物理学家束星北，很有侠气，却脾气暴躁。浙江大学因战争西迁，他对竺可桢不满，于是一路跟在他后面，数说其种种不是，竺可桢也只是笑而不语。后人回忆，竺可桢虽然并不欣赏束星北这种作风，与他私交也不深，但力排众议，将他聘为教授，并经常为保护这位有才华的教授而费尽周折。当时的数学教授苏步青，提到竺可桢时反复念叨："他真是把教授当宝贝，当宝贝啊。"竺可桢认为，教授是大学的灵魂。在他手下，有一批"大名鼎鼎"的教授：王季梁、胡刚复、梅光迪、张其昀、束星北、张荫麟、苏步青、贝时璋……这些人极具个性，但都十分敬佩竺可桢的为人。

1964年，毛泽东主席看到竺可桢写的一篇论及气候与粮食生产关系的文章，非常高兴，便将他请进中南海面谈，毛主席风趣地对他说："你的文章写得好啊！我们有个农业八字宪法（土、肥、水、种、密、保、工、管），只管地。你的文章管了天，弥补了八字宪法的不足。"竺可桢风趣地回答："天有不测风云，不大好管呢！"毛主席幽默地说："我们两个人分工合作，就把天地都管起来了！"

钱学森：中国"航天之父"

薛 艳

钱学森（1911～2009），浙江省杭州人，是中国航天科技的重要开创者和主要奠基人之一，也是工程控制论的创始人和空气动力学家，在应用数学和应用力学领域贡献突出，曾任美国麻省理工学院教授、加州理工学院教授。他是中国"两弹一星"功勋奖章获得者之一，被誉为"中国航天之父"。

钱学森3岁时，已能背诵唐诗、宋词，还能用心算加减乘除，是远近闻名的"神童"。小时候，他喜欢读《水浒传》，很是佩服书里面的英雄豪杰。有一天他对父亲说："英雄如果不是天上的星星变的，那么我也可以做英雄。"父亲高兴地说："你当然可以做英雄。但是，必须好好读书，努力学习知识才行。"父亲的话深深地印在了钱学森的心里。

小学时，男孩子喜欢玩用废纸折的飞镖。飞镖是用硬纸片折成的，头部尖尖的，掷出去能像燕子一样飞行。钱学森是掷飞镖高手，他掷的飞镖，飞得又稳又远。每次比试，总是钱学森扔得最远，投得最准。有的小伙伴不服气，要拿他的飞镖检查，看看里边是不是搞了什么"鬼"。钱学森说："我的飞镖没有什么'鬼'，我也是经过多次失败，一点点改进。飞镖的头不能太重，重了便会往下扎；也不能太轻，头轻了，尾巴就沉，会先向上飞，然后就往下栽；翅膀太小，飞不平稳，太大，就飞不远，爱兜圈子。"钱学森的话，让小伙伴们折服了。老师们得知后也惊叹不已，小小年纪的钱学森居然领悟了一些空气动力学的常识。

　　1923年,钱学森考取了北京师范大学附属中学。北京师范大学附属中学的民主、开拓、自学、创造的学风,使钱学森受益匪浅。他曾不止一次地对人说:"在我一生的道路上,有两个高潮,一个是在北京师范大学附中的6年,一个是在美国读研究生的时候。"1934年7月,23岁的钱学森从上海交通大学机械工程系铁道工程专业毕业,并以优异的成绩考取了清华大学第二届公费留学生。1935年8月,钱学森乘船离开了祖国。留美期间,钱学森从麻省理工学院转学到加州理工学院,跟随被誉为"超音速飞行之父"的空气动力学教授冯·卡门学习,并成为他的助手。钱学森与冯·卡门教授合作研究出很多成果,他们共同署名发表了许多论文。他们之间充满了深厚的师生情谊,在美国的科技界传为佳话。冯·卡门教授曾经说道:"人们都这样说,似乎是我发现了钱学森,其实,是钱学森发现了我。"钱学森的《工程控制论》出版后,在科学界引起了轰动。冯·卡门更是感慨地说:"你现在在学术上已经超过了我。"

　　在美国,钱学森成为一流的火箭专家。在"二战"期间,他还参加了美国绝密的"曼哈顿计划"——利用核裂变反应来研制原子弹的计划。当中华人民共和国宣告诞生的消息传到美国后,钱学森夫妇按捺不住内心的喜悦,商量着早日赶回祖国,为自己的国家效力,但是遭到美国多方阻挠。美国海军次长丹·金布尔恶狠狠地说:"他知道所有美国导弹工程的核心机密,一个钱学森抵得上5个海军陆战师,我宁可把这个家伙枪毙了,也不能放他回中国去!"毫不知情的钱学森做好了回国的一切准备,办理好了回国手续,买好了从加拿大飞往香港的飞机票,把行李也交给了搬运公司装运。然而,就在他们打算离开洛杉矶的前两天,他突然收到移民局的通知,说不准离开美国。与此同时,美国海关扣留了钱学森的全部行李。钱学森被迫回到了加州理工学院。此后,联邦调查局派人监视他们全家人的所有行动。不久，钱学森遭到联邦调查局的非法拘留，被送到移民局看守所关押起来。直到加州理工学院缴纳保释金后，他才得以释放。

此后，钱学森一直受到软禁和联邦调查局特务的监视，行动处处受到限制。钱学森就这样失去了5年的自由。然而，钱学森热爱祖国的赤子之心没有消失，他不断地向移民局提出回国的要求。

钱学森想返回祖国的意愿，得到了祖国的关怀和支持，国内科学界的朋友通过各种途径声援钱学森。党中央对钱学森在美国的处境极为关心，中国政府公开发表声明，谴责美国政府在违背本人意愿的情况下监禁钱学森。直到1955年，美国才同意钱学森回国。1955年9月17日，钱学森一家人登上了"克利夫兰总统号"邮轮，踏上了回国之路。1955年10月8日，钱学森回到广州，感慨万千地说："我一直相信，我一定能够回到祖国的。今天，我终于回来了！"钱学森曾说："我的事业在中国，我的成就在中国，我的归宿在中国。"这是老一辈科学家的爱国情怀。

回国后，钱学森为中国航天事业的发展做出了不可磨灭的贡献。

"感动中国"推选员阎肃对钱学森这样评价道："大千宇宙，浩瀚长空，全纳入赤子心胸。惊世两弹，冲霄一星，尽凝铸中华豪情，霜鬓不坠青云志。寿至期颐，回首望去，只付默默一笑中。""感动中国"组委会授予钱学森的颁奖词："在他心里，国为重，家为轻，科学最重，名利最轻。5年归国路，10年两弹成。他是知识的宝藏，是科学的旗帜，是中华民族知识分子的典范。"

爱因斯坦：现代物理学的开创者和奠基人

薛 艳

爱因斯坦（1879~1955），德裔美国物理学家（也拥有瑞士国籍），犹太人，现代物理学的开创者和奠基人。他的狭义相对论成功地揭示了能量与质量之间的关系，广义相对论对天体物理学，特别是对理论天体物理学有很大的影响。他解释了光电效应，推动了量子力学的发展，并因此获得诺贝尔物理学奖。1999年，爱因斯坦被美国《时代周刊》评选为"世纪伟人"。

爱因斯坦出身于德国西南古城乌耳姆的一个犹太人家庭，少年时代生活在瑞士，生活艰苦，但他对物质生活要求不高。成名后，他有条件过很好的生活，但是他仍坚持过简朴无华的生活。当爱因斯坦到普林斯顿的高等科学研究所工作时，当局给了他相当高的薪水，年薪有16 000美元，他却说："给我3 000美元就够了。"

1909年7月，爱因斯坦应邀参加日内瓦大学350周年校庆和纪念建校人加尔文的庆祝活动。在庆祝活动中，来宾都西装革履，风度翩翩，而爱因斯坦却穿着一套平时穿的衣服，戴着一顶草帽。对所举办的盛大宴会，爱因斯坦很不以为然，并对坐在旁边的人说："如果加尔文还活着，那么他会因铺张浪费而堆起一大堆柴火，把我们全都烧死。"

爱因斯坦不喜欢参加社交活动与宴会，不希望把宝贵的时间消耗在

无意义的社交谈话上,也不想听那些奉承和赞扬的话。1929年3月,为了躲避50周岁的寿辰庆祝活动,他在生日前几天,就偷偷地跑到柏林近郊的一个农舍里,做起研究来。

1952年11月9日,爱因斯坦的老朋友以色列首任总统魏茨曼逝世。驻华盛顿的以色列大使打电话给爱因斯坦说:"教授先生,我是奉以色列共和国总理本·古里安的指示,想请问一下,如果提名您当总统候选人,那么您愿意接受吗?""大使先生,关于自然,我了解一点;关于人,我几乎一点也不了解。我这样的人,怎么能担任总统呢?请您向各界解释一下,给我解解围。"大使进一步劝说:"教授先生,已故总统魏茨曼也是教授呢。总统没有多少具体事务,他的位置是象征性的。您能胜任的,每一位以色列公民,全世界每一个犹太人,都在期待您呢!"爱因斯坦被同胞们的好意感动了,但是,他还是拒绝了:"我和魏茨曼是不一样的。他能胜任,我不能。"不久,爱因斯坦在报纸上发表声明,正式谢绝参选以色列总统。他说:"方程对我更重要些,因为政治是当前的,而方程是永恒的。"

爱因斯坦认为个人的力量是有限的,他曾经说过:"我自己不过是自然的一个极微小的部分。"

爱因斯坦生前不虚荣,死后亦如此。他留下遗嘱,要求死后不发讣告,不举行葬礼,不要坟墓,也不要立碑。爱因斯坦在去世之前,把他在普林斯顿默谢雨街112号的房子留给了跟他工作了几十年的秘书杜卡斯小姐,并且强调:"不要把这房子变成博物馆。"因为他不希望以后的人把他当作偶像来崇拜。

达尔文：进化论的奠基人

薛 艳

达尔文（1809~1882），英国博物学家，进化论的奠基人。在《物种起源》一书中，他提出了生物进化论学说，他的进化论对生物学、人类学、心理学及哲学的发展都有不容忽视的影响。恩格斯将进化论列为19世纪自然科学的三大发现之一。

达尔文出生在英国的施鲁斯伯里，祖父和父亲都是当地的名医，家里希望他将来继承祖业。16岁时，他便被父亲送到爱丁堡大学学医。但达尔文从小就热爱大自然，尤其喜欢采集矿物和动植物标本。进入医学院后，他仍然经常到野外采集动植物标本。在大人们眼里，他是个游手好闲的纨绔子弟，他的父亲有一次指责他说："你除了打猎、玩狗、抓老鼠，别的什么都不管，你将会是你自己和整个家庭的耻辱。"达尔文对医学毫无兴趣，更不敢面对手术台上的淋漓鲜血。两年后，他只好从医学院退学。父亲又送他到剑桥大学，改学神学，希望他将来成为一个牧师。但是他对神学也没有什么兴趣，而把大部分时间用在听自然科学讲座上，自学了自然科学。达尔文虽然没能从课堂上学到什么，但是他在课外结识了一批优秀的博物学家，从他们那里接受了科学训练，同时他在博物学上的天赋也得到了那些博物学家们的赏识。

有一次，他在伦敦郊外的一片树林里散步。突然，他看见两只奇怪的虫子，他非常高兴，马上一手抓住一只。接着，他又看到第三只奇怪的虫子。可是手里抓不下了，于是他把手中的一只放到嘴巴里，腾出一只手来抓第三只虫子。他聚精会神地看着手里的虫子，早把嘴里的那只给忘了。嘴里的那只虫子憋得受不了了，便放出一股辛辣的毒汁，把他的舌头弄得又麻又痛。达尔文这才想起口中的虫子，张口把它吐到手里，然后，不顾口中的疼痛，得意扬扬地向学校走去。后来，人们为了纪念他发现的这种虫子，把它命名为"达尔文"。

1831年，达尔文从剑桥大学毕业，准备当个乡间牧师。这年12月，英国政府组织了"贝格尔"号的环球考察，达尔文经植物学家亨斯楼推荐，以"博物学家"的身份，参加了漫长而又艰苦的环球考察活动。他随"贝格尔"号途经大西洋、南美洲和太平洋，沿途考察地质、植物和动物。达尔文每到一地总要进行考察研究，采访当地的居民，有时请他们当向导，跋山涉水，采集矿物和动植物标本，挖掘生物化石，发现了许多没有记载的新物种。他白天收集标本，晚上忙着记录白天的发现。一路上达尔文写了大量的观察笔记，采集了许多标本，这为他以后的研究提供了第一手资料。

在考察过程中，达尔文根据物种的变化，思考着一些问题：自然界的万物究竟是怎么产生的？他们为什么会千变万化？彼此之间有什么联系？这些问题在他的脑海里不断浮现，逐渐让他对神创论和物种不变论产生了怀疑。

5年之后，"贝格尔"号回到了英国。在环球考察中，达尔文积累了大量的资料。经过反复思索，达尔文渐渐意识到每一个生物群的数目都是相对稳定的。达尔文进一步推导出：任何物种的个体都各不相同，个体的生存能力有强有弱。在生存竞争中，生存能力强的个体能够更多地繁衍后代，而生存能力弱的个体则逐渐被淘汰，即所谓的适者生存，其结果是生物物种因适应环境而逐渐发生了变化。达尔文把这个过程称为"自然选择"。达尔文终于对自己的猜想有了更进一步的认识："物种不是

一成不变的，而是随着客观条件的不同而相应变化！"他一面整理这些资料，一面又深入研究，同时查阅大量书籍，为他的生物进化论寻找根据。1842年，他第一次写出《物种起源》的简要提纲。1859年11月，他的科学巨著《物种起源》终于出版了。

《物种起源》是达尔文的代表作，标志着进化论的正式确立。在这本书里，达尔文明确地提出了进化论的思想。这本著作的问世，推翻了神创论和物种不变论，沉重地打击了神权统治的根基，很多人称达尔文的学说"亵渎圣灵"，触犯"君权神授天理"，有失人类尊严。也有以赫胥黎为代表的进步学者，积极宣传和捍卫达尔文的学说。

晚年的达尔文，体弱多病，但他以惊人的毅力，顽强地进行着科学研究和写作，出版了《人类起源及性选择》等著作。达尔文认为科学研究是他"一生中主要的乐趣和事业"。1882年4月19日，这位伟大的科学家因病逝世，人们把他的遗体安葬在牛顿的墓旁，以表达对这位科学家的敬仰。